A livraria
da esquina

E outros contos de mulheres

Dados Internacionais de Catalogação na Publicação (CIP)
(Câmara Brasileira do Livro, SP, Brasil)

Conte, Naomi
 A livraria da esquina : e outros contos de mulheres / Naomi
Conte. - São Paulo : GLS, 2007.

ISBN 978-85-86755-40-8

1. Contos brasileiros I. Título.

07-3216   CDD-869.93

Índice para catálogo sistemático:

1. Contos : Literatura brasileira   869.93

Compre em lugar de fotocopiar.
Cada real que você dá por um livro recompensa seus autores
e os convida a produzir mais sobre o tema;
incentiva seus editores a traduzir, encomendar e publicar
outras obras sobre o assunto;
e paga aos livreiros por estocar e levar até você livros
para a sua formação e entretenimento.
Cada real que você dá pela fotocópia não-autorizada de um livro
financia um crime
e ajuda a matar a produção intelectual.

A livraria da esquina

E outros contos de mulheres

NAOMI CONTE

A LIVRARIA DA ESQUINA
E outros contos de mulheres
Copyright © 2007 by Naomi Conte
Direitos desta edição reservados por Summus Editorial

Editora responsável: **Laura Bacellar**
Capa: **BVDA – Brasil Verde**
Projeto gráfico: **BVDA – Brasil Verde**
Diagramação: **Acqua Estúdio Gráfico**

Edições GLS
Rua Itapicuru, 613 7º andar
05006-000 São Paulo SP
Fone (11) 3862-3530
e-mail gls@edgls.com.br
http://www.edgls.com.br

Atendimento ao consumidor:
Summus Editorial
Fone (11) 3865-9890

Vendas por atacado:
Fone (11) 3873-8638
Fax (11) 3873-7085
e-mail vendas@summus.com.br

Impresso no Brasil

À Lúcia Facco, pela simpatia e sem a qual o livro não teria saído do armário. Em especial à Angel, grande amiga e comentarista predileta, ao Ju, que incentiva as maiores loucuras, à Carol, que sorri e sempre acha tudo muito lindo, à Barbs, meu primeiro crivo vencido como candidata a escritora. Aos muitos amigos queridos de longa data que estiveram por perto, mesmo por vezes distantes: Cláudio, Zé, Alexandre, Cláudia, Vera, Mariela, Cleber, Michelle e Bernardo. À Helena e à Glória, pelo meu conto no Elas contam. Finalmente, à Laura Bacellar, pela dedicação e profissionalismo na feitura do livro.

SUMÁRIO

Prefácio _____ 9
1. Volta da praia _____ 11
2. O ateliê de Helena _____ 13
3. A livraria da esquina _____ 19
4. O amor no tempo das flores _____ 25
5. Calabouço _____ 31
6. Metamorfose _____ 35
7. Goiabada cascão _____ 39
8. Viagem no inverno _____ 45
4. Domingo _____ 53
10. Das crises inúteis _____ 55
11. Conversa sem fio _____ 59
12. Açude _____ 65
13. De quando quase desenamorei de Clarice _____ 71
14. Cabana na floresta _____ 75
15. Visão do paraíso _____ 79
16. Camisa quase amarela _____ 81
17. Carnaval _____ 85
18. Eu no espelho _____ 89

PREFÁCIO

Naomi Conte foi um mistério para mim durante algum tempo. Certo dia ela me mandou um de seus contos e me convidou a visitar seu blog. Li o conto, fiquei agradavelmente surpresa, mas não entrei no blog. Tenho algumas manias um tanto estranhas e uma delas é precisar sentir intimidade com o texto que estou lendo. Seja no micro, em um texto enviado para mim por e-mail, ou em um livro escolhido e comprado por mim. Tenho a impressão de que os blogs são devassados demais. Janelas para a alma das(os) autoras(es) que podem ser compartilhadas por n pessoas ao mesmo tempo que eu. Mas fiquei, por bastante tempo, com o conto de Naomi martelando em minha cabeça e a decisão (nunca colocada em prática) de visitar o blog e ler seus outros escritos.

Ao fazer leituras críticas, dou-me ao luxo de fazer a chamada "crítica impressionista". Apesar de minha formação acadêmica recheada por teóricos maravilhosos, sempre coloco em primeiro lugar a impressão que o texto me causa e não os aspectos mais "ortodoxos" de avaliação. Provavelmente eu deva este hábito ao fato de considerar que a questão mais importante de um texto literário é o prazer que ele proporciona. Prazer intelectual, prazer sensorial, prazer emocional, enfim, o prazer, em todas as suas facetas. O conto de Naomi me deu muito prazer. Pensei: tento escrever assim, dessa maneira tão dela que nos leva diretamente para dentro de suas histórias, com todos os cheiros, sabores, texturas, cores. Ela era um mistério para mim porque se resumia a uma estranha foto no orkut e algumas esporádicas mensagens, como se ficasse constrangida em se aproximar de mim, bombardear-me com suas dúvidas: "O que você acha do meu texto?" Mas quando ela percebeu que eu não entraria nunca no blog, mandou vários contos por e-mail. Aí sim eu pude ler todos eles e confirmei o que pensava desde o início: Naomi Conte é escritora intuitiva, dessas que escrevem de uma vez só, sem parar para respirar ou para mexer aqui e ali. Ela coloca para fora, de maneira visceral e muito agradável, seus sentimentos, suas impressões do mundo, suas intimidades (claro que sim!). Suas personagens mulheres se entrelaçam, se descobrem e nos desnudam, a nós leitoras(es), que nos reconhecemos seja na TPM, nas dúvidas, nos titubeios, na sensualidade, seja na paixão.

Naomi Conte então deixou de ser um estranho mistério para mim. Conheci seu nome, seu rosto e sua amizade. Fiquei muito feliz quando ela me convidou para escrever a apresentação de seu livro de estréia (solo, porque já publicou um conto na coletânea *Elas contam*, da editora Corações e Mentes).

Confesso que sou fã de carteirinha de Naomi Conte e tive o prazer de ler *A livraria da esquina* praticamente em primeira mão. Espero, sinceramente, que ela tenha o futuro literário brilhante que seus contos brilhantes merecem. Só tenho de parabenizar Naomi Conte por sua sensibilidade, sua perseverança e seu talento e agradecer pelo convite carinhoso.

Lúcia Facco
Autora de *As heroínas saem do armário* e *Lado B*

1
Volta da praia

Sábado à tarde, as ruas enuviadas de calor, o vento tenta inutilmente balançar os cabelos molhados de mar, colados à nuca, a areia salgando o corpo, os músculos cansados de sol e os olhos dormentes da claridade ferindo as pupilas. Seu *short* curto deixa à mostra as pernas bem torneadas, bronzeadas de sol, o banco do carro esconde inoportunamente sua bunda, minha mão repousa sobre a coxa suada, sinto os grãos de areia entre seus pêlos, faço descaso. Vejo o mar e a favela, as ondas e os tijolos crus, o verde ao longe, entremeado na paisagem, sufocando.

São oito andares, oito intermináveis andares mudos, o som surdo do elevador, a porta se abre e não mais que dez passos levam à porta lateral. Erro, como sempre, a chave, me demoro e ouço um suspiro, a porta bate logo atrás de nossos passos. Ninguém em casa, o armário da cozinha, ela me beija, um beijo salgado, me levanta e me senta nesse armário apertado, incômodo, suas mãos descobrem meu corpo, esqueço o armário, o incômodo, meu biquíni se solta, cai a seus pés implorando, ela se agacha, e o medo, o medo que a porta da cozinha se abra, sua língua desliza pelo meu abdômen, fecho os olhos e agarro seus cabelos com força, suas mãos na minha cintura e minhas pernas abertas, dobradas sobre o armário, ela me come, me perco, não penso nas marcas roxas e me bato, incontrolável.

Cochilo sem forças, sinto o perfume da sua pele que me acalma, minha perna sobre a sua, os corpos distantes, um sono curto e profundo, meu corpo ainda não esqueceu a cozinha. Acaricio suas costas, beijo sua nuca, olho com atenção sua bunda e a toco em pensamento, acaricio, lambo, numa cama meio sombra meio sol. Ela acorda, reclama, me sorri um sorriso maroto, finjo medo e ela se anima, me prende com força entre suas pernas e braços, me morde as costas e me toca, num ritmo lento, dorminhoco, sem pressa.

2
O ateliê de Helena

Uma casa antiga, sólida, dois andares retangulares de janelas fechadas, venezianas de madeira e o pé direito alto, tons marrons desmaiados, Clara toca a campainha em frente a um portão de ferro, três metros de ferro fundido e um emaranhado de figuras em alto-relevo, o portão se abre num rangido triste, o pátio de terra vermelha batida lembra a aridez das casas de campanha, em que as pessoas sentam-se em bancos improvisados nas tórridas tardes de verão tomando chimarrão e falando em segredo da virgindade quase perdida da nova moradora da casa da esquina, uma única árvore ao fundo de folhas largas verde-escuras e copa cheia ilumina o quintal, do balanço restou um galho seco carcomido por cordas, um exército de formigas sobe e desce o tronco da árvore para desespero de um gafanhoto que se arrasta por entre a árida floresta de raízes expostas, um caminho de pedras roliças de rio circunda a árvore conectando a casa no canto direito do terreno a um ateliê no fundo, um vento de terra quente traspassa os cabelos de Clara empoeirando sua face, os olhos se contraem arrebitando o nariz numa careta. Tira com a mão o gosto de terra dos seus lábios e a limpa na saia branca.

Um gato rajado atravessa vagarosamente o pátio na direção de Clara, miando, aproxima-se das suas pernas esguias num passo trôpego e esfrega-se nas canelas com intimidade. Suas orelhas roçam o tornozelo, soltando uns poucos pêlos na sandália preta de couro trançado, finas tiras amarradas em cruz até a altura da canela, o rabo ao alto tremula, o corpo festeja um carinho, segue seu caminho entre folhagens, titubeia, depara e encara intimidador até por fim escutar o som dos biscoitos felinos se derramando na tigela, a cozinheira da casa lhe sorri cordialmente.

A viagem fora agradável, os primeiros anos plenos de cartas confidentes e findados por escassa correspondência. Regressou faz dois meses e, pouco a pouco, revê a cidade, seus becos e botecos; muitas foram as vezes em que cruzou a porta dessa casa sua bem conhecida, mas só agora tem coragem de tocar a campainha, saber das mudanças que não ocorreram. A passos hesitantes caminha na direção do ateliê, que em tempos áureos foi a moradia dos empregados. Uma longa escada estreita de madeira, mal iluminada e de degraus ondulados gastos pelo tempo, conduz a uma sala ampla no segundo andar, o piso claro de largas tábuas de madeira crua e frestas sinuosas, sombras do cair da tarde tremulam pelas paredes, pende do teto no centro do quarto uma luz forte iluminando a prancheta de trabalho, a cadeira mostarda aveludada onde Helena senta com os joelhos confortavelmente apoiados para sustentar a coluna ereta, uma pintura em grafite do Rio antigo não terminada, um cartão postal junto à mesa espelha o desenho. Veste uma camisa cáqui de malha desbotada essa mulher de estatura mediana e meia idade, a mão esquerda vez ou outra move os óculos gentilmente, acaricia a armação enquanto medita, coloca o cabelo por detrás da orelha, decide a cor, o tom, o rosto de perfil parece o mesmo, o queixo saliente amparando lábios carnudos que por sua vez sustentam um nariz gentil terminando em vívidos olhos miúdos. O coração de Clara pulsa mais forte fazendo notar sua presença, a tábua do assoalho range num primeiro passo comedido e o medo inconsciente de revê-la desfaz-se num abraço. Tantos anos sem ao menos um bilhete, a espanta e aquece essa recepção calorosa.

Helena vira uma página do álbum de trabalhos finalizados, mostra suas pinturas, aproveitando cada virada para observar melhor por detrás do rosto amadurecido a menina que partiu plena de ilusões. Sua técnica aperfeiçoou-se, tem um contraste mórbido que sempre agradou Clara, acinzentando a cidade ensolarada. Clara nota também a mão magra marcada pelo tempo, o desenho das veias no dorso da mão, os dedos longos e finos, as unhas bem-feitas com base incolor, e se perde num comentário sem jeito, dividida entre a pintura e a mão delicada, divaga sobre cores e gestos, respira fundo e concentra-se nos prédios de tons pálidos. As grossas sobrancelhas denunciam sua origem hispânica, sorrisos entrecortam comentários arquitetônicos com certa ansiedade na voz. Clara, sem forças, acompanha pela parede uma sombra que se arrasta levando consigo os aprazíveis minutos que passam. A mesa de trabalho no centro da sala e a cama de casal de madeira disputam com livros o espaço que lhes resta, estantes mal dispostas cobrem as paredes laterais encharcadas de livros numa ordem caótica, dois ou três acotovelam-se sobre a cabeceira da cama num equilíbrio instável. Em quase nada mudou o quarto, exceto a foto do sobrinho, agora adolescente, no porta-retratos. A conversa flui cúmplice. Preenchem lacunas de vida com gostos e desgostos, a intimidade aos poucos se propalando pelo quarto, o passado esgueirando-se pelas frestas do assoalho e envolvendo o ambiente, o ateliê pairando no ar por alguns instantes, longe da cidade e da turbulência.

    O apito da chaleira anuncia a água do chá das cinco, pousam sobre o armário duas xícaras de porcelana, um aroma hortelã se espalha pelo quarto, o mesmo cheiro fresco ativando uma vez mais a memória; cada passo, cada movimento nesse quarto, é uma repetição. Num passatempo silencioso a mão se deixa cair displicente sobre o ombro calorento, do dia, do chá, das janelas cerradas, desse incômodo agradável, os dedos brincam na alça da blusa, o dedo médio toca o ombro e se enrosca na alça, velha conhecida. Adquiriu uns quilos a mais e um ar *blasé* passados doze anos, a jovialidade cravada nos olhos. Clara sente a mão fria tocando primeiro seu ombro, depois o seu pescoço, a pele fina aveludada descendo pelo seu braço e acariciando delicadamente sua mão, cheia de recordações que se espalham pelo seu corpo. A espontaneidade do movimento a surpreende, ela se retira num reflexo como um gato acuado, tropeça nas palavras, se esquiva com movimentos impensados. A vontade hesitante reflete-se nos seus atos, perplexa pelo passado tão presente.

    Segue um monólogo disléxico, volta a falar da viagem repetindo as histórias, sente o rosto ruborizar como quando adolescente, sem saber ao certo se está visivelmente vermelha sob o olhar doce e intimidador de Helena, que fareja paciente uma segunda chance de aproximação. Calada ela pressente os sentimentos que emergem, se espreguiçam languidamente, tomam coragem. O carinho vivido, guardado e esquecido n'algum canto do quarto, reacendido. Uma pausa mais longa é a deixa, em resposta a um comentário não de todo ouvido. Helena enlaça firmemente a cintura de Clara, a traz para junto de si para sentir o calor do seu corpo, as curvas sinuosas, o estremecer de seus músculos, sente-se protetora e poderosa, acariciando e cuidando desse corpo como antes fizera. Imobilizada, Clara enrijece o corpo, baixa os olhos inundada de timidez, esperando que no fim sejam perfeitamente compreendidos os seus gestos evasivos. Helena titubeia por um segundo, receosa de um equívoco afrouxa as amarras, dá um pequeno passo para trás e fita seus olhos. Precisa de não mais que segundos para reconhecer o desejo enrustido de Clara, aprisionado por sua fraqueza. Provoca a sua vontade com um olhar displicente, ameaça desenlaçar completamente seu corpo com um medo inaudito de que ela se vá, joga o jogo sem regras explícitas. Clara finalmente se rende à própria vontade, convertendo a fuga num beijo, lábios brincam com a textura de lábios entorpecidos, as peças dispostas sobre o tabuleiro sem proteção alguma. Abre os olhos por um segundo e vê nos cantos da boca uma marca graciosa em meia-lua, duas covinhas recentes, algo novo permeando harmoniosamente esse rosto amigo, atiçando os corpos que se cruzam em abraços, investigando mudanças e relembrando cada centímetro num gosto conhecido. Clara desliza sua mão desde o encaixe perfeito na cintura até o pescoço, embaraçando os cabelos negros lisos em movimentos diversos e nervosos, roça a ponta dos dedos nas penugens da nuca buscando tranqüilidade, segura a face com ambas as mãos para sugar da boca oferecida. Helena tem pressa de indenizar seu corpo dos anos passados distantes, o desejo urge, incontrolável, a mente silencia e o corpo obedece somente aos instintos, levanta a saia de Clara sentindo a calcinha de algodão molhada entre seus dedos, acariciando a parte interna da coxa. Murmura barbaridades ao pé do ouvido como se o seu corpo tivesse reavivado a mente, repetindo antigas palavras para obter gemidos-resposta, resvala a mão pela coxa pressionando as nádegas rígidas, a mão presa entre a parede do quarto, a calcinha e o corpo inquieto, penetra o cu sem pedir licença, invade o corpo. Beijos intensos e a angústia do desejo hibernado que aflora com violência, as roupas desfalecem e Helena se deixa penetrar pela mão de Clara, sente os dedos movendo-se dentro de seu corpo, tocando cada recôndito de sua vagina quente e aconchegante, do tamanho exato de seus dedos, os quadris acompanham essa dança subindo e descendo com frenesi, uma das pernas sobre a cabeceira da cama derruba livros inúteis, sente os músculos das pernas doloridos pela repetição incansável, os corpos colados de suor, gotas escorrem por entre seus peitos, as pernas úmidas, a respiração ofegante ritmada ao pé do ouvido é interrompida por um gemido de gozo.

O corpo convidativo de Helena cansada dorme o cochilo dos deuses fatigados, Clara acaricia suas pernas exaustas com um prazer infinito, se ajoelha ao lado da cama e segura seus pés com suavidade, massageia, beija seus dedos, passa a língua entre os dedos dos pés, lambe a perna sentindo a aspereza de pêlos que afloram, lambe as coxas, deita-se entre suas pernas e chupa sua vulva adormecida, as mãos sobre o ventre acariciam o tênue vão entre a barriga e a cintura, fica molhada de excitação contorcendo o corpo na beirada da cama, roça a xoxota contra o colchão, tesão, calor, carinho, o clitóris duro. Helena desperta, senta na cama. Frente a frente, olhares coniventes, passeia a mão por entre as pernas de Clara e se lambuza na sua vulva em fogo, a senta em seu colo, com os joelhos separados, um de cada lado de sua cintura, fitando sempre seus olhos, vendo a íris se contrair e dizer que quer mais, quer o seu desejo satisfeito por ela que sabe exatamente como tocá-la, onde tocá-la. Helena coloca com sofreguidão uma das mãos dentro de Clara, a outra mão ocupada em prender seu cabelo com força, puxando para trás para logo em seguida arranhar suas costas. Elas se movimentam num galope, as pernas num vaivém sinuoso, o rosto em êxtase, Clara ajoelhada apóia o corpo sobre seus próprios braços num movimento curvo, a coluna arqueada oferecendo os seios num arco cupido, adorando do fundo daquilo que não é sua alma. E a boca vermelha de Helena circunda seu mamilo rijo, mordisca, num frenesi habilidoso que a conduz pelo caminho do gozo.

 Os corpos desnudos, de bruços, trocam olhares antigos, compartilham uma paz saciada, o gato esparramado no canto do quarto espreguiça-se com um miado carente, elas sorriem simultaneamente dessa honesta desfaçatez oferecida, estimulando Herculano, que agora caminha em direção à cama sentindo-se quisto, pula na cama reclamando para si um pouco de afago.

À vontade nesse ateliê de lembranças, Clara prepara sanduíches com tudo que encontra no frigobar enferrujado, queijos diversos, picles, duas rodelas de tomates graúdos e maionese, muita maionese, pelo menos na parte que lhe cabe. É de dar inveja a frouxidão com que comem e versam banalidades.

A noite alta desencadeia a despedida, breve, sem muitas palavras, deslizam escada abaixo abraçadas, mãos dadas de dedos entrecruzados. O portão de ferro se fecha num rangido tranqüilo e Clara segue pela rua de paralelepípedos, a chave da casa a farfalhar no bolso direito da calça e a certeza de que essa terna cumplicidade será uma constante em suas vidas.

3
A livraria da esquina

Foi tanto o calor nesse dia que mesmo os pingos da chuva a cair no começo da noite estavam quentes, sentia no braço a chuva pesada de mormaço que batia vagarosamente e evaporava tão rápido quanto havia surgido, o esforço de procurar o guarda-chuva na sacola não valia a pena, seria apenas a causa de mais algumas gotas de suor a se misturar ao molhado da chuva. Macabea seguia se equilibrando com a sacola do supermercado em uma das mãos e a da farmácia na outra, driblando com lentidão os transeuntes e pensando se depois dessa chuva conseguiria comer alguma coisa enganando o estômago que passara o dia à custa de sucos e água. Uma dor de cabeça pequena e constante a incomodara toda a tarde, sentira pontadas lancinantes cada vez que cruzava por uma brecha de sol entre os altos edifícios. Agora, a caminho de casa, passava a todo o instante a mão pelo rosto retirando o suor a escorrer pelas têmporas.

Sexta-feira, quase nove da noite, a cidade se entregava ao começo do fim de semana, as pessoas andavam mais rápido para casa morrendo de vontade de tomar uma chuveirada para tirar o suor do corpo e se preparar para a festa de aniversário da criança, as novas estréias no cinema que iam desde filme-pipoca até os alternativos do leste europeu, o restaurante que acabara de inaugurar e aparecera em todos os jornais, a boate com música techno, ou *dance*, ou samba, ou forró, a casa de *strippers* que ficava quase ao lado, o bar de *swing* onde era preciso apresentar um documento provando que se era casado, os travestis perambulando de um lado ao outro da calçada fazendo propaganda de suas pernas sem estrias e peitos siliconados, as prostitutas que disputavam terreno e não a clientela, os michês sempre dispostos a dar a prova real sobre o tamanho do instrumento.

Em meio a toda essa balbúrdia Macabea jantou sozinha em casa, em frente à televisão. A novela das oito se misturou ao som de buzinas e freadas permeando as venezianas. Estava acompanhada de um inseparável telefone mudo sem fio metodicamente sentado ao seu lado, um prato ralo de comida morna requentada no colo e o marasmo cotidiano desocupando seus pensamentos enquanto a mocinha da telenovela trocava juras de amor com o galã do momento debaixo de um juazeiro.

Dagmar em casa pensou que era hora de acabar com essa história de se decidir se gostava ou não gostava de mulher, mesmo porque na imaginação tudo já era muito bom e gozava em sonhos com a professora de filosofia da faculdade, mas e na vida real? Tinha vinte e oito anos e um par de namorados deixados para trás sem muitos motivos. Faltavam sempre motivos tanto para terminar quanto para seguir adiante e a cada vez ela aguardava, com a paciência de quem não se apaixonava, pelo término imposto pelo galego. E pouco sofria.

Deste modo, um mesmo e diferente motivo levou ambas a andar pelas ruas da cidade no começo da noite, se esquivando dos mendigos e ambulantes, e parando, sem muito refletir, na livraria mais próxima de suas casas.

Dagmar chegou cedo e aproveitou para jantar sua combinação urbana preferida de quiche com salada. Deu uma primeira olhada interesseira na livraria e nada de nada. Bem que a sua intuição a prevenira sobre encontrar mulheres solteiras lésbicas disponíveis numa livraria na sexta à noite, combinação improvável. Mas a boate a duas quadras dali ainda estaria aberta fosse a hora que fosse, o relógio no punho marcava apenas o começo da noite. Circulou entre as prateleiras e pegou um livro de contos de novos autores, histórias leves e curtas de estilos variados. Voltou à mesa e pediu um expresso com uma fatia de torta de chocolate. Restavam duzentas páginas, alguma paciência e o olhar perscrutador para as próximas horas.

Macabea caminhou devagar pela calçada enlameada, entretida com a sujeira acumulada nas emendas do calçamento disforme de pedras portuguesas. Parou em frente à livraria e a aproximação de um aniversário foi a desculpa de que precisava para entrar, precisava sempre de desculpas para justificar seus divertimentos. Foi direto à seção de literatura infantil procurando *A mulher que matou os peixes*. Desilusão: edição esgotada. Subiu as escadas e perambulou entre as prateleiras no segundo andar, procurando algo para matar o tempo, poesia talvez para uma vez mais tentar terminar de vez com o preconceito quanto ao estilo. Entretida com a última prateleira da estante, quase atropelou a figura de uma mulher agachada remexendo numa pilha de cinco livros, pediu desculpas envergonhada olhando na direção oposta, depois reparou mais atentamente nos seus cabelos curtos deixando a nuca à mostra e terminando em costas bem-feitas, camiseta preta de malha, jeans desbotados, meias vermelhas... meias com ursinhos vermelhos fizeram-na desistir de sua investigação minuciosa. Sem paciência para escolher poesia, pegou logo um livro da Clarice e se dirigiu ao café.

Sentada com *O lustre* na mão, ela folheou o livro enquanto aguardava ser salva pelo dragão. Os minutos escorreram pelos olhos ligeiros pestanejando na luz parca que nem tão bem iluminava aquela cafeteria. De soslaio lhe voltou a chamar a atenção a camisa preta, as costas bem-feitas, sentada também sozinha, nossa Dagmar, que mais atentamente parecia se entreter com seu livro, embora vez ou outra também passeasse rapidamente os olhos pelas mesas ocupadas num movimento totalmente despercebido por Macabea. Esta tinha inveja daquela entrega, oscilava entre o copo, as letras, os pensamentos e Dagmar desatenta. Tomou uma primeira taça de licor de amêndoas e leu parágrafos aqui e acolá transfigurando o sentido do texto, mexeu as mãos com impaciência e pediu a conta cansada da brincadeira inócua, fez um gesto no ar fechando dois cálices de licor – era uma noite para extravagâncias – e de modo algum lhe passou despercebido o feito de Dagmar, que aproveitou o ensejo para também pedir a sua conta e numa pressa desnecessária pagar e abandonar sua mesa. Macabea desfrutou ainda dos poucos goles adocicados que lhe restavam, bebendo com eles um pouco da amargura que a acompanhava esta noite, começou a lembrar da cama que a aguardava no meio do quarto, cheia de travesseiros moldados pelo seu corpo. A conta de Macabea tardou, como quase tudo na sua vida, inclusive a vontade de mudar para a cidade grande e prosseguir nos estudos. Cursara a muito custo letras com ênfase em tradução, trabalhando e morando num pensionato, agora trabalhava em casa como tradutora, fazendo também traduções simultâneas esporádicas em conferências. O emprego em casa deixava tempo de sobra para devaneios e desencantos, e brigava contra os prazos procurando a disciplina necessária escondida em algum canto da casa. Fumava um cigarro culpado escondida de si mesma nos dias de maior pressão.

Desceu as escadas em caracol e cruzou com Dagmar a folhear um livro sobre filhotes de estimação quase à meia-noite. Passou por detrás dela, esquivando de sua bunda, e por pouco não roçou o culote. Conteve um comentário qualquer na tentativa de começar um diálogo e seguiu seu conhecido caminho de casa. Na rua os ambulantes ainda não tinham se rendido à noite e ela caminhou pelo labirinto de cangas cobertas com cigarros, colares, pulseiras, isqueiros e CDs, estendidas pelo chão. Na praça, virou para a direita para atravessar a rua e viu Dagmar, dois passos atrás como que a seguindo. Esta percebeu o olhar de preocupação e devolveu um sorriso dizendo:

– Não se preocupe, não estou te seguindo, é que eu moro pra esse lado também.

Macabea, ansiando por um assunto qualquer que a tirasse do marasmo, respondeu com um sorriso:

– Imagine, nem pensei que fosse isso.

Dado o sorriso, Dagmar, inteira atirada que andava nessa noite, nem hesitou em perguntar à meia-noite de uma sexta-feira a uma estranha:

– Você não quer tomar uma cerveja?

Macabea, lenta e pouco burra que era, respondeu:

– É claro.

Seguiram pela praça meio sem jeito, caminhando na direção da praia como que certas de seus destinos: um quiosque de palha carcomido pelo tempo com um único atendente descamisado pelo calor, que veio logo perguntando:

– O que é que vocês *vai* beber, moça?

Elas aproveitaram para afogar o calor numa garrafa de cerveja envolta numa garrafa de isopor, e o papo começou esquisito, do tipo eu não sei quem você é, você não sabe quem eu sou e mesmo assim a gente aceitou tomar cerveja uma com a outra e seja lá o que

Deus quiser. Fizeram as perguntas óbvias de qualquer começo de conversa e perderam a oportunidade de contar a mentira da vida naquela noite inusitada, mas é que Macabea perdera havia meses a criatividade e Dagmar estava cansada de tanta cabeçada em ponta de faca. Descobriram assim que Macabea viera morar no Rio de Janeiro, fugida da seca no Nordeste, e agora era tradutora francês-português e muito se interessava por literatura e pelas escritoras também. Fora tanto o interesse pelas escritoras que passara a ter interesse pelas mulheres, e Macabea agora só queria era saber de ir para a cama com essas moças. Dagmar era carioca, nascida na zona norte, e acabara num pequeno apartamento na zona sul por conta da morte do pai que lhe deixara o apartamento e uma pensão. Escrevia matérias esporádicas para jornais e revistas e ansiava por uma coluna semanal que a tirasse da correria.

A conversa tanto foi e veio que terminou perto do mar iluminado por holofotes, o mar mudando de cor das ondas esbranquiçadas quebrando perto da areia até a escuridão da água ao longe. Embaladas pelo barulho das ondas, aproveitaram para entrelaçar as mãos num gesto de carinho, as mãos úmidas de calor e de nervoso, um olhar mais demorado aproximou seus lábios num beijo tímido, Macabea receosa da vontade dessa estranha e Dagmar experimentando pela primeira vez a maciez de lábios femininos, a pele desnuda ao redor da boca, os lábios se tocaram de leve, beijaram o canto da boca, a língua surgiu participativa, crescente, as mãos se envolveram e moveram acariciando os cabelos, deslizando pela blusa e tocando o corpo forte, o medo se foi, a insegurança vencida pela vontade. A mão pesada de Dagmar pegou as coxas de Macabea com firmeza, sentindo os músculos tesos, acariciou a parte interna provocativamente. Macabea sentou sem timidez no seu colo, sentiu as mãos deslizarem pela sua cintura, seu corpo firmemente seguro por aquela estranha com um beijo agora conhecido, sensação da areia fina nos pés que se contorciam em arrepios pela língua que brincava na sua orelha. Dagmar experimentando aquele corpo novo, um corpo feminino que se satisfazia em contato com o seu, o contato de seios com seios num beijo de abraço apertado, as línguas se enroscando pedindo mais, sempre mais, a vontade de tirar a roupa toda na praia de areia espessa e passar a língua pelo corpo moreno de praia, e mordiscar cada pedaço, lambendo os braços, ombros, barriga e pernas, mexendo o corpo no ritmo do mar, indo e vindo com o barulho das ondas. Os olhos fechados conduziram as mãos por debaixo das blusas, a calça jeans de cintura baixa deixou exposta a marca do biquíni, com a mão espalmada tocou e pressionou com vontade a xoxota excitada fazendo Dagmar se contorcer de desejo, apagando qualquer faísca de dúvida. Elas deitaram no colchão branco enchendo de areia os cabelos, as blusas, as roupas e trocaram carícias esquecendo do mundo, da vida, dos holofotes a poucos metros dali. A noite se foi, rápida como nos momentos felizes, eram quase quatro horas da madrugada, o sono urgia, elas caminharam meia hora de volta para casa e trocaram ainda beijos roubados no meio da noite, no sinal de trânsito fechado, nas escadarias da padaria, em frente ao olhar do porteiro que acordou assustado pelo movimento. Dagmar com um quê de lucidez se beliscou não acreditando no que fizera naquela noite inusitada; Macabea contente pelo tédio tão abrupta e docemente interrompido.

Na porta do prédio de Macabea travaram um último diálogo.

– E o seu telefone? – perguntou Macabea.

– Prefiro não dizer, mas você pode me dar o seu se quiser – respondeu num tom seguro.

– Eu não tenho caneta nem papel, e você?

– Também não, mas pode dizer que eu decoro!

– 987... – atropelando os números, ela não iria decorar de qualquer jeito.

– O celular? – num tom desapontado.

– Você prefere o de casa? Sem problemas, 255..., decorou?

– Sim.

– Olha que o porteiro tá de olho, beijos, a gente se fala.

– A gente se fala.

Passados quinze dias, a desesperançada Macabea jantava sozinha, sentada em frente à televisão, o pernil assado que preparara, quando tocou o telefone mudo:

– Alô?

– E aí, beleza? É a Dagmar...

4

O amor no tempo das flores

Aos sessenta e quatro sentia a pele flácida cada vez que passava creme no rosto em frente ao espelho antes de dormir, e surgiam marcas na pele, pequenas manchas brancas nas pernas, e um pipocar de sinais que tomavam conta do seu corpo, notara as primeiras marcas aos trinta, tivera tempo de esquecer-se delas e agora as percebia mais vivas do que nunca novamente. Os olhos azuis miúdos brilhavam, reluziam num rosto marcado, contornados por pés-de-galinha que se aprofundavam a cada gargalhada. Os cabelos brancos cortados à máquina davam um ar de modernidade e a poupavam de aborrecidas idas ao cabeleireiro, com um amigo descobrira as maravilhas das máquinas de cortar cabelos desde muito cedo. Não tinha mais a mesma energia nem as mesmas vontades, tornara-se contemplativa, era capaz de ficar horas a fio a apreciar obras de arte no museu no centro da cidade, ou sentar perto dos vasos de plantas observando-as crescer pacientemente. As plantas tinham surgido na sua vida e desde cedo delimitaram seu espaço. Cultivava, perto da porta da cozinha que dava para um vasto quintal, salsa, cebolinha, manjericão e coentro. Nos dias de chuva trocava as sapatilhas de feltro, que usava para se locomover dentro de casa evitando arranhar o chão e fazer barulho, por chinelos de dedo e, a dois passos pelas lajotas escorregadiças, tinha à mão todos os temperos. Preparava para Virgínia sua sopa predileta nas noites de inverno: batatas-baroa com manjericão e, logo depois de servidos os dois pratos fundos, entornava um longo fio de azeite de oliva em formato de caracol em cada um, uma porção de queijo parmesão ralado servido em uma pequenina tigela de barro acompanhava os pratos. Arrumava os travesseiros na cabeceira da cama de modo que as duas sentassem confortavelmente, com suavidade descia as pernas da mesa de madeira e as dispunha, uma entre suas pernas e a outra entre as pernas de Virgínia. Desligavam a televisão e Virgínia, nos dias de bom humor, perguntava como fora o seu dia, se a floreira em frente da casa seguia robusta, e nos dias mal passados se punha a discursar, para em vão tentar atormentá-la com antigas namoradas, do tempo em que trabalhava em boates badaladas no Rio de Janeiro trocando a noite pelo dia. E assim foram os últimos meses, permeados de choro e raiva em sua luta pela vida.

Morava nessa casa fazia vinte anos, comprada num bairro afastado onde de dia se ouvia o latido de cães e as noites eram mais negras. Cultivava uma pequena horta de canteiros retangulares com divisórias feitas de tijolos maciços. Nela se viam as alfaces carcomidas por lesmas que relutavam em se render aos seus dispositivos caseiros de mantê-las afastadas: duas vezes na semana cercava os canteiros de cinzas, mas vinha a chuva no meio da noite e as levava, abrindo caminho uma vez mais para as lesmas adentrarem os canteiros das alfaces já castigadas pela chuva. Trajeto perfeitamente visível no brilho deixado pelo corpo daquelas criaturas persistentes. Verdejantes sobreviviam os almeirões com seu gosto amargo clamando por sal, azeite e vinagre quando na vasilha de salada, acompanhando com gosto o frango caipira cujo molho cobria a polenta esfumaçante que se espalhava pelo prato. Tinha tempo de sobra para se ocupar dos seus orgulhosos jardim e horta, depois de anos regando, adubando e podando plantas em casas diversas, suportando tantas vezes os cachorros que pisoteavam suas flores fugidos das guias de donos relapsos. Donos estes inaptos para apreciar em toda a sua opulência um jardim bem cuidado, quando ela tão bem sabia da necessidade do toque das mãos num jardim florido, de se remexer a terra úmida misturando o adubo escuro, e cantarolar baixinho ao pé das raízes. Mas para isso eles precisariam nascer de novo, descer dos prédios arrogantes, largar os videogames barulhentos, brincar nos gramados e balançar nos balanços das praças com as crianças, pensava um tanto quanto ranzinza. Dentre os muitos jardins de que cuidara reservava ainda uma tarde na semana para cuidar do jardim de Letícia. Esta sim sabia como ninguém apreciar as pequenas mudanças na terra, como um novo broto nascido na bromélia cultivada havia pelo menos cinco anos, e aguardava ansiosa pela primavera para festejar o florescer do jardim, esse era um dia especial que comemoravam juntas com uma bebedeira de uísque (não sabia ainda quantos anos iria agüentar a tradição, que nessa idade lhe rendia uma semana de ressaca).

O telefone quase nunca tocava desde que Virgínia se fora fazia cinco anos, mas as lembranças dela estavam pelas paredes, rondando, aquecendo a casa. Sua falta de tato e a necessidade de levar sua própria vida sem tantas lembranças tinham afastado os amigos mais íntimos de Virgínia, que agora se restringiam a felicitá-la nas datas comemorativas de aniversário e Natal. Melhor assim, dedicava seu tempo vago a ler livros sobre jardinagem e a ver fotos de jardins de inumeráveis estilos. Jamais gostara de romances e suas histórias fantasiosas, a vida era real e, dentro do possível, sem muitos tropeços. Bastavam-lhe as plantas bem caladas.

Relembrou por alguns instantes a dura conversa que tivera com Virgínia semanas antes de sua morte e um sentimento de culpa inundou-lhe a alma. Exaurida, não pudera contar com a compreensão de Virgínia. Seu humor tornara-se mais ácido dia após dia, e apesar de seguir à risca as orientações médicas, o coquetel de vinte e quatro comprimidos diários não surtira mais efeito. Naquela tarde fora a gota d'água, estourara depois de uma reclamação absurda a respeito da arrumação da casa, e fora de controle ferira exasperadamente os sentimentos de Virgínia num monólogo enfurecido. À noite fizera a sopa preferida procurando em vão por uma reconciliação.

O prenúncio da primavera se fez com um telefonema no meio da tarde:

– Oi, Dora, a primavera está quase aí e....

– Fale, Letícia.

– Você sabe o que a aguarda nesse jardim de botões ainda fechados?! Uma bela garrafa de uísque, é claro!

E como se não soubesse que Salvadora tinha todo o tempo vago do mundo, perguntou:

– Então, quando você tem tempo para vir ver comigo o desabrochar da primavera? Afinal de contas, o jardim sobrevive graças aos seus cuidados.

Em meio a uma risada, Salvadora respondeu:

– Bondade sua, certo é que depois da terceira dose não há jardim que não pareça florido.
– Estamos combinadas, quarta é um bom dia para você?
– Na quinta fica melhor, às cinco da tarde eu apareço por aí.

Era ainda terça-feira, precisava metodicamente preparar seu organismo para a farra certa de quinta: tomava sempre um chá de losna e uma colher de azeite na quarta-feira à noite, os quais supostamente protegeriam seu fígado das mazelas da bebida.

A quinta-feira estava nublada e quente, não precisaria levar um casaco e podia vestir a blusa decotada azul-marinho que comprara no mês anterior e ainda não tivera a oportunidade de estrear. Demorou-se um pouco mais em frente ao espelho naquela tarde, borrifou o pescoço com o perfume ganho de Letícia no último Natal e notou que precisaria fazer as unhas urgentemente. Ligou para o teletáxi. Da sua casa à casa de Letícia eram no máximo uns trinta minutos de caminhada, trajeto esse que sempre fazia a pé nos dias de inverno para manter as pernas em forma.

Da janela do carro, pôde ver as margaridas em botões graúdos, passou pelo portão de madeira e seguiu a estrada de pedras que levava até a porta da casa. Chegara, como de costume, uns cinco minutos adiantada. Demorou-se no jardim antevendo as tarefas que a esperavam na próxima semana, as folhas secas das violetas deveriam ser cortadas e o arbusto verdejante ansiava por uma nova poda. Junto à casa um pé de tamarindo roubava para si todos os nutrientes do solo, deixando à mostra o chão de terra batida e amparando a bicicleta velha que Letícia usava para comprar *croissants* na padaria todas as manhãs a cinco quadras de casa.

Nem precisou soar a campainha, a porta abriu-se pontualmente às cinco da tarde, revelando Letícia num leve vestido primaveril, com seus cachos castanhos divinamente desenhados emoldurando a sua face vespertina.

– Chegou na hora certa como sempre. Fez boa caminhada?
– Hoje preferi tomar um táxi, estava um pouco quente na rua.
– Ótimo, assim você está descansada e pode já me ajudar a levar a mesinha e as cadeiras para a varanda lá no fundo.

Ironicamente, a amizade entre elas começara com uma briga, Letícia com seu jeito aparvalhado insistia em plantar em local inadequado um par de bromélias, o que veementemente Salvadora se recusara a fazer. A solução, muito a contragosto encontrada na época, foi plantar uma muda em cada um dos locais indicados e, para de todo dar-se o caso por encerrado, Letícia muito gentilmente convidou Salvadora para uma dose de uísque – dose esta que inadvertidamente trouxe a segunda, a terceira e quando se deram por si, se é que eram ainda capazes de notar alguma coisa, haviam sem saber participado do porre que deu origem à série de bebedeiras anuais. E as bromélias?! Hoje restava apenas um dos pés no local sabiamente indicado pela jardineira.

Da mesa com toalha xadrez, via-se boa parte do jardim, Salvadora adorava os pequenos canteiros circulares onde viviam violetas rodeadas por folhagens carnudas verde-esbranquiçadas. O balde de gelo sobre a mesa fora presente seu, cansada das correrias de Virgínia mesa-congelador-mesa para apanhar cubos de gelo a cada meia hora, se bem que era divertido vê-la cambalear pela cozinha depois de algumas doses, preguiça era palavra inexistente no dia-a-dia daquela mulher. Acomodaram-se em cadeiras de palha, Letícia não esquecera nem mesmo o banquinho sobre o qual podia apoiar as pernas. Vendo o sol se pôr detrás do pé de pitanga, Salvadora ouvia com atenção, e ria muito das histórias rocambolescas que Letícia contava e floreava a cada gole de uísque, que nitidamente surtia um efeito arrasador na mulher de tamanho *mignon*. Salvadora percebeu que nesse fim de tarde ela se mostrava mais agitada que de costume, esforçando-se por agradar. Em retribuição às gentilezas, num ato de extremo esforço, elogiou o vestido que lhe caía mesmo muito bem. Letícia estranhamente prosseguiu com a onda de elogios:

– Gostei do seu perfume, novo?

– Foi você quem me deu.

Levantou as sobrancelhas e tudo que conseguiu esboçar, visivelmente constrangida, foi:

– Hummm – ao que Salvadora respondeu com um sorriso acolhedor:

– Dessa vez está perdoada pela gafe.

– Não, não era isso.

– O que foi então? Você parece tão séria de repente.

– É que eu gostei *também* do perfume.

Vendo o rosto de espanto de Salvadora, prosseguiu timidamente:
— Você é mesmo muito desligada.
Salvadora baixou os olhos e murmurou.
— Talvez nem tanto....
Sem motivos e tempo para aguardar por maiores explicações, Letícia segurou o rosto de Salvadora entre suas mãos e lhe deu um breve beijo nos lábios.

Subindo os degraus da escada que levavam ao quarto, Salvadora teve apenas tempo de pensar que, pelo visto, poderia começar amanhã mesmo a ajeitar o jardim na frente da casa.

# 5
Calabouço

E de nada adiantava ela surgir taciturna, protegida pelo seu cinto de castidade. Curvada, arrastava os pés pelos corredores úmidos e mal iluminados. Um musgo verde escuro impregnava as saliências entre as pedras retangulares maiores que seu corpo, encaixadas há centenas de anos nas paredes laterais, emanando um cheiro forte de umidade. Mal se ouvia o tilintar das correntes entre os seus tornozelos anunciando uma vez mais a sua chegada. Pois eis que, para deslumbre seu, Dionísia a fitava de cima a baixo inquisidoramente no grande salão vazio. Jazia no centro uma robusta mesa gélida de pedra refletindo o rosto fechado e os olhares lascivos vindos do lado de lá do tampo num silêncio incômodo. Com o olhar perdido e as unhas sujas de terra, Dionísia se aproximava como um cão farejador e metia os dedos insidiosamente por entre a armadura, esfolando a pele da virilha. Forçava os cadeados mordendo com vontade e despendaçando-os com fúria. Joana resistia, olhando para o telhado longínquo numa expressão de beatitude e instigando ainda mais a bruxa fugida da fogueira que vinha incendiar seu corpo e usurpar o trono desocupado. Resistia, seu corpo cansado negava dar-se ao prazer de tais carícias, de olhos cerrados e lábios entreabertos ouvia cânticos pornográficos sussurrados, melodias duramente decoradas dia após dia. Resultado de um trabalho minucioso que custava a Dionísia noites entre livros proibidos escondidos nas prateleiras das estantes da infinita biblioteca do castelo. E a cada nova sílaba fugida de seus lábios, as costas de Joana como em chamas se arrepiavam, as pernas desafiadoramente adquiriam vida própria e se abriam numa oferenda. Um ritual elaborado que pouco a pouco se enchia de minúcias e ganhava contornos mundanos. Joana seguia piedosamente vítima de sua algoz, a qual surgia para repetir a sentença entretendo os dedos em seu clitóris. Sentia-o arder à pressão dolorida da mão pesada que se apoiava no seu púbis. E controlava o gozo, prolongando equivocadamente a sensação de prazer enquanto uma voz de comando insistia: – Abre as pernas pra mim, abre! – A resposta vinha em ganidos dissonantes, e o corpo subjugado se abria em alegria extasiante. Sentia os dedos a enroscarem-se nos seus pentelhos para depois tocarem-lhe os grandes lábios demoradamente, e num faz-de-conta maldito esses dedos ameaçavam, ameaçavam e não cumpriam penetrar-lhe fundo nas entranhas, fazendo descer do recôndito de sua vagina uma cachoeira viscosa, que vinha se misturar aos pentelhos e lubrificar dedos, mãos, coxas e corpo.

A boca pecaminosa implorava em arrependimento sincero, a língua lambia os lábios perante a visão dos mamilos enrijecidos de Dionísia por detrás de sua túnica encardida, e a língua de fogo se lançava como saída das trevas, abocanhando e chupando seios fartos. A incansável mão de Dionísia seguia acariciando a vulva intumescida. Deitada sobre a mesa, as mãos de Joana enroscavam-se em Dionísia, envolvendo-a como as labaredas de uma fogueira. Cravava nas costas as unhas curtas, deixando marcas vermelhas profundas, e revirava os olhos em pura blasfêmia, o calor aumentando e o suor a cobrir-lhe o corpo emanando um cheiro de perdição. Em agonia deslumbrada ela agora não se continha e em total falta de respeito pela autoridade inquisidora metia com força os dedos no cu de Dionísia, a despeito de sua vontade.

O circo estava desfeito, carrasca e ré intimamente ligadas extinguiam-se em êxtase, Dionísia implorava: – Mete esse dedo no meu cu com vontade! – o dedo médio de Joana em riste incrustando-se como um punhal guiado por tão verdadeiro apelo. Em sintonia perfeita as respirações prosseguiam, arfando em uníssono e profetizando o gozo em conjunto. Em perjúrio Joana murmurava lacrimejante de prazer: – Basta! – e num ato contraditório aproximava ainda mais seu corpo do peito desnudo de Dionísia. Esta surgia transmudada numa divindade para se deleitar com as carícias oferecidas por impune ré cuja sentença era meticulosamente adiada.

Ecoavam pelas paredes altas gritos de prazer vindouros do purgatório, explodindo em tremores fortes e findando no paraíso. O paraíso luminoso dos corpos satisfeitos, exaustos, refletindo o brilho dos olhos e o sorriso contido dos lábios. Dionísia e Joana, entregues, passeavam de mãos dadas por campos imaginários floridos; abençoadas, descansando envoltas por um suor benzido de desejo.

Findo o teatro blasfemo, Dionísia colocava de novo o cinto protetor entre as pernas de Joana, resguardando sua amada, e prendia vagarosamente as correntes, tocando com mãos não mais ternas, mas precisas, de um juiz que cumpre hipocritamente seu papel, com um olhar firme e duro como devia ser o dos detentores da sabedoria divina. Joana, a passos lentos, retornava para o calabouço beatificada.

6
Metamorfose

Entrou às pressas na sala com o vistoso pacote seguro embaixo do braço, firme e precavidamente afastado do suor. Foi direto ao seu quarto atravessando o corredor sem mesmo olhar para os lados, subiu na cadeira de escritório que usava para estudar e escondeu o embrulho em meio ao edredom no alto do armário. Era verão e este seria utilizado não antes que dali a uns dois meses pelo menos. Seu coração palpitava e pululavam idéias na sua cabeça, uma ducha de água fria acalmaria os ânimos. Dirigiu-se ao banheiro social e só saiu de lá com o chamado para o almoço, era sábado e tinha dezessete anos. Teria uma semana dura pela frente tramando os últimos detalhes, o mais difícil seria conter a excitação e a vontade sobre-humana de compartilhar segredos. Ainda bem que era de poucos amigos.

A semana se arrastava, as cinco horas diárias de aula eram um martírio, punha-se ora a desenhar objetos geométricos compulsivamente, ora a olhar o mar azul pela janela da sala enquanto seus pensamentos rodilhavam o mesmo desejo. Aperfeiçoados poliedros e esferas, passou a compor seres intrincados cujos olhos de espanto eram duas esferas roliças e os olhos de tristeza dois cubos flutuantes acima de um nariz paralelepípedo. Seguia um corpo, por vezes um quadrado masculino e noutras vezes um triângulo cheio de silhuetas femininas. Os membros estavam em fase de teste, demorava a encontrar as corretas proporções. Pulou na cadeira ao ouvir a sineta estridente finalizando a aula de geografia. Tomou uma bolada na cara que quase lhe quebrou o nariz, pura falta de atenção durante o jogo de handebol na aula de educação física. Em compensação, escreveu seus mais inspirados poemas nas aulas de literatura. Ao atravessar a rua, não lhe bastava olhar uma só vez ao longo da larga avenida para certificar-se de que os carros ainda estavam longe, parava cautelosamente em frente ao sinal consciente de suas contínuas e perigosas distrações. As noites eram compartilhadas com a insônia, lia até altas horas aguardando o momento em que o peso das pálpebras a nocautearia. A leitura fluía como um rio tranqüilo, embalando seu corpo na correnteza e desaguando no mundo dos sonhos, ela fechava os olhos e parecia dormir, embora sua mente se excitasse em sonhos tumultuados. Surgiram olheiras, nódoas escuras dependuradas na pálpebra inferior que poderiam levantar suspeitas a respeito daquele ar sobrecarregado que pairava à sua volta em um observador mais atento. Mas não acontecia ali naquela casa, não com aquelas pessoas. Passava as tardes caminhando pela cidade evitando o contato familiar, olhando vitrines e cartazes de cinema, chegou mesmo a comprar um pacote de pipocas, que ofereceu cegamente aos pombos depois da matinê de quarta-feira, pombos sujos de cidade com as penas carcomidas.

Sexta-feira deitou-se cedo, depois de roubar um comprimido para dormir do criado-mudo ao lado da cama no quarto da mãe e engoli-lo às pressas, para que o dia seguinte fosse perfeito, milimetricamente calculado. Levantaria e praticaria esportes logo cedo, fizera amizade com um grupo que jogava futebol todas as manhãs na praça perto de casa. Depois, um banho e o almoço em família. À tarde compraria com esmero o detalhe que ainda faltava, a roupa íntima, estava difícil decidir-se entre o branco e o preto, quem sabe cometeria a ousadia de comprar logo um par branco e outro preto que revezaria durante a semana.

Acordou antes do despertador no sábado e foi impossível manter as pernas embaixo dos lençóis, pulou da cama e vestiu bermuda e chuteiras, aproveitou que não tinha ninguém acordado e tomou leite gelado direto da caixa na porta da geladeira, correu para o sol. Espreguiçou-se no banco da praça e esperou pela chegada do time, que variava de seis, nos dias de chuva e feriados prolongados, a treze pessoas. Saiu de lá contente como um cachorro que tivesse chafurdado na terra vermelha, encontrou a família, que se reduzia à mãe e ao pai reunidos na cozinha com a mesa posta para o almoço religiosamente servido ao meio-dia, arroz, feijão, um bife para cada um e algumas rodelas de tomate agonizando no calor da cozinha. Um almoço mudo, evitando conflitos. Deitou-se na rede do lado de fora de casa com as pernas arreganhadas numa posição provocativa, de onde podia ver pela janela da varanda a televisão ligada na sala de estar. Eram oito da noite quando trancou a porta do quarto e sentiu alívio por não ter mais que dividir o quarto com o irmão. Pegou o pacote intocado, abriu-o minuciosamente sem romper o papel de presente estampado ao retirar as fitas adesivas. Teve uma sorte tremenda por encontrar o seu número na loja, dado seu corpo franzino, enrubescera no momento em que a vendedora num tom agradável lhe perguntara se não gostaria de ver as roupas na seção adolescente. Precisou de muita coragem para efetuar a compra, paga com dinheiro vivo das economias feitas com a sua mesada. Passara o ano abdicando de muitas cocas-colas e sanduíches, a natureza correspondera com precisão e sentia-se muito bem com os dois quilos que perdera. Logo, logo, não precisaria mais das mesadas, partiria e tomaria conta da própria vida, sua atitude seria uma afronta sem perdão. Estendeu a roupa sobre a cama tomando o máximo cuidado para não amassar, e a ficou admirando imóvel por alguns minutos. Nem o soar do telefone ao lado da cama despertou a sua atenção, era uma mistura de alegria e medo, sentia cócegas no estômago por fazer o que sempre quisera e por ter de enfrentar as pessoas lá fora. O cabelo havia sido cortado no dia anterior e seu rosto anguloso combinava com os cabelos curtos, ressaltando seu ar andrógino. Passou repetidamente a mão na nuca, sentindo um arrepio ao roçar os dedos nos pêlos. Guardou *Orlando* dentro da gaveta no criado-mudo ao lado da cama, pegou a carteira de identidade e ficou feliz em comemorar aniversário hoje, seria a sua primeira celebração propriamente dita. O ritual foi longo e prazeroso, a cueca branca com cheiro de roupa nova foi deflorada, vestiu a camisa azul listrada em diferentes tons com infindáveis botões, o terno e a gravata (precisou refazer o nó da gravata repetidas vezes para acertar), os sapatos pretos reluzindo à luz do abajur. Abriu a porta do quarto com cuidado e percorreu a sala de estar de cabeça erguida, evitando os olhares constrangidos da mãe e do pai, que por alguns instantes se desvencilharam da televisão para fixar-se naquela figura exótica. A maioria permitia-lhe certas audácias. Sacudiu os ombros e inspirou uma grande golfada de ar para descontrair, não disse uma palavra desnecessária e partiu pela porta da frente sem pedir desculpas. Caminhou lentamente pela rua naquele começo de noite, parou no boteco da esquina e pediu uma cerveja, hesitou ainda na porta da boate alguns minutos para enfim comprar uma entrada masculina. Mariana era, agora, um homem.

7
Goiabada cascão

Acordo sobressaltada e desato a contar o sonho que tive. Uma imagem nítida, uma mesa robusta de madeira de lei com oito lugares e precariamente talhada, um garrafão esguio de vidro verde com vinho tinto até a metade, canecas em estilo medieval e pernas sobre a mesa de pessoas sentadas em cadeiras mal dispostas, apoiadas apenas nos dois pés de trás das cadeiras, algumas balançando ritmadamente. Apenas um rosto conhecido, minha irmã, que bebia e falava alto. Haviam arrastado com muito esforço esta mesa para o lado de fora do bar (que mais parecia uma casa de filme de faroeste de cidades fantasmas) fazia não mais que meia hora. Estava sentada em outra mesa logo à frente, na quina direita da mesa. Foi essa a posição em que me vi, observadora e atuante ao lado de pessoas desconhecidas, que falavam baixo, uma mesa com mulheres velhas de rostos sofridos e cabelos desgrenhados. Alguém morrera e uma das senhoras deixou escapar de sua boca frases que não compreendi, numa língua antiga, frases soltas, desconexas, quase um cântico. Minha irmã gritava insistentemente da outra mesa perguntando o que ela estava falando, ao meu lado surgiu minha mãe ralhando com minha irmã, dizendo que ela não era mais criança e podia ouvir coisas que não compreendia. Vi tudo atônita e me esforcei em decodificar essa miscelânea de rostos, agora conhecidos, na mesa ao lado. Esforço inútil.

Conto isso para você numa manhã de domingo, logo depois de acordar, impressionada com este sonho, sem perceber que você ainda dorme. Te cubro de beijos sem mesmo lembrar o seu nome, determinada a me libertar do sonho. A sensação dos seus lábios no meu pescoço persiste, um toque leve em meio à multidão e à música atordoante. Pouco a pouco a noite anterior se reconstitui, a discussão acalorada ao cair da tarde, e o cachorro que latia em defesa cega de minha irmã – as diferenças de sempre se acentuam ano a ano. O cheiro de cigarro está impregnado nos teus pêlos, te conduzo à banheira de água morna e lavo cada canto, cada pedaço escondido do teu corpo, te viro do avesso e lavo também as entranhas e tiro do meu corpo o gosto azedo de boate.

Pelas ruas vêem-se lâmpadas de Natal iluminando varandas. Milhares de minúsculas lâmpadas penduradas em sacadas alegres, árvores tropicais fantasiadas de pinheiros e a imensa árvore metálica de Natal no meio da lagoa. Dirijo devagar, apreciando a paisagem e remoendo momentos difíceis, digerindo as diferenças, rodo pela cidade tal qual turista deixando nervoso o tráfego à minha volta, contorno duas, três vezes a lagoa. Vibra o celular no meu bolso.

Tomamos um café preto e forte de poucas palavras nesse apartamento apertado. Você, de cabelos molhados vestida com a minha camiseta surrada do camelô do Saara e calcinha, eu descabelada. Você tira da bolsa pedaços de goiabada cascão do Rancho da Goiabada e os dispõe metodicamente sobre a mesa, observo cada desconhecido novo movimento seu. Os dedos ágeis rompem a embalagem plástica fazendo barulho, a cor escura da goiabada combina com a cor dos seus lábios, mordiscando primeiro os cantos e lambendo as arestas de modo a harmonizá-las, uma escultura em movimento este pedaço que dança entre seus dedos, diminuindo, diminuindo até que a língua se encarrega de lamber a ponta dos dedos lambuzados, cada dedo saindo e entrando provocativamente na boca carnuda.

Atendo ao telefone no sinal vermelho e cedo ao convite de ir a uma boate em meia hora, dobrando intempestivamente à direita sem dar sinal no meu melhor estilo carioca. Percorro as ruas de Copacabana por onde circulam embrulhos coloridos carregados por pessoas cansadas, suadas, alegres. Fujo do primeiro e segundo flanelinhas mal encarados, certa de minha reação abrupta a qualquer equívoco, e caio nas mãos de um terceiro a duas quadras do ponto de encontro. Manobro demoradamente, arranhando a calota da roda no meio-fio e tenho ainda de ouvir: – Três real adiantado, tia. Entrego nervosa o dinheiro na mão do garoto depois de remexer bolsa e bolsos com a certeza de não mais encontrá-lo no fim da noite.

Esboço um sorriso tímido convidativo ao terminar o café e você, boa entendedora que parece ser, me pega pela mão e leva uma vez mais para a cama, fazemos amor baratinadas como se fosse a última vez.

Caminho a passos tão largos quanto a saia permite nessas ruas malcheirosas de cerveja e mijo, a cada dia com mais pessoas dormindo pelas calçadas e dividindo o espaço com cães sarnentos.

Dobro a esquina numa lanchonete com mesas de metal dispostas sobre a calçada, a tinta descascando deixando à mostra tons ferrugem, e percebo ainda a piscadela de um senhor, barriga farta e camisa aberta, no seu décimo chope. Entro num bar azul de decoração *démodé*, com copos coloridos estilo anos cinqüenta e quadros *kitsch*, peço logo uma bebida para embaralhar as idéias e só depois cumprimento os amigos de sempre repetindo as piadas.

Tomo água direto do bico da garrafa plástica de refrigerante, encardida e esquecida ao lado da cama, penso que algum dia terei de me desfazer dela e comprar como todo mundo uma garrafa de vidro límpida, de boca larga. Sentirei então secretamente a falta do gosto de plástico e manterei sempre escondida no fundo da geladeira uma, nem que seja pequena, de duzentos mililitros para os dias desacompanhados, nos quais me darei ao luxo de sorver vultosos goles do bico inteiramente mergulhado na minha boca. A água morna escorre pelos cantos dos lábios e se mistura ao meu suor enquanto você cochila esparramada entre os travesseiros, me volto para teu corpo moreno displicentemente dormindo sobre lençóis amarfanhados. Inerte e embevecida tento parar o tempo, gozar a sensação sempre nova de paixão.

As luzes demasiado coloridas e o empurra-empurra lembram o carnaval, depois da terceira dose de gim-tônica participo festiva do corpo-a-corpo e peço ainda para aumentar o som do baraticum baticundum. Na alta madrugada adentra uma mulher de cabelos curtos e sorriso largo, com o rosto parcialmente encoberto por um chapéu fora de uso que lhe cai como uma luva. Meu olhar cambaleia por esse corpo também maravilhoso, os dedos da mão enrijecem cientes de sua quiçá responsabilidade no fim da noite. Ela flutua pelo bar, consciente de sua presença arrebatadora, demarcando território, o nariz empinado e um olhar *blasé* que pousa sobre mim não mais que dois segundos, tempo suficiente para me fazer contorcer o corpo num cruzamento de pernas excitadas. Impossível disfarçar o desejo que governa o meu corpo.

    As reincidentes mazelas familiares já não interessam diante dessa visão, minha mão úmida nas suas costas faz você abandonar o travesseiro e pegar na minha perna, imóvel eu sinto a sua respiração forte perto da minha xoxota, quente e me amornando por dentro, relaxo como num sonho bom e adormeço na diagonal da cama.

    Ela passa junto de mim a caminho do banheiro e sinto um perfume seco emanando do seu pescoço, em devaneio me ajoelho oferecendo meu corpo. As luzes tamborilam em meu socorro e me transporto até o banheiro feminino sem fila, a porta se abre e ela caminha na minha direção desprovida de sorrisos, meu corpo estremece em exultação, suas mãos ao longo do corpo acompanham o balançar dos quadris. Apenas dois pequenos passos nos separam, ela pára, vira-se em direção à pia impedindo a minha passagem, lava as mãos vagarosamente em frente ao espelho percebendo a minha atenção, sem hesitação se volta para mim, retira o cabelo encobrindo o meu pescoço e desobstrui o caminho para os seus lábios.

    O sol trespassa a janela de vidros fechados aquecendo meu rosto, me estico toda num espreguiço e vejo escorrer da sua coxa uma gota de suor que não a desperta. Levanto da cama sem fazer alarde e tomo mais um café relembrando o dia anterior. Os preparativos natalinos sempre terminam em discórdia e, a cada Natal, prometo a mim mesma que no ano seguinte não provocarei nem cederei a provocações nesses necessários e enfadonhos encontros familiares. A cada ano parto da casa de minha mãe plena de uma saudade aliviada.

    Um beijo discreto no meu pescoço e você se afasta dois passos. Me encara afastando minhas dúvidas, colo na sua boca um beijo desesperado e você me aprisiona, suas mãos fortes me seguram impondo o ritmo, atordoada me deixo levar pela sua vontade e quase transamos ali mesmo, eu sentada num banquinho de longas pernas e você em pé, confortavelmente disposta entre as minhas pernas, satisfazendo seus dedos entre minhas coxas na escuridão da boate.

Você levanta e sem acanhamento coloca uma música no CD *player* da sala, diz que gosta de ouvir música de manhã, senta ao meu lado no sofá, escora a cabeça no meu colo e fecha os olhos com cara de quem não quer muita conversa.

Entro no carona do seu Fiat 147 deixando meu carro à deriva e digo – Santa Tereza –, o carro percorre as ladeiras como que conhecendo o caminho da casa; faço sinal para você parar em frente a uma casa grande, de alvenaria e dividida em diversos apartamentos, com uma luminária de ferro na fachada. O barulho da chave desperta o latido de cães que se espalha pelo morro adormecido. Subimos três andares de escadas com você a meter a mão entre minhas pernas a cada patamar vencido. Contenho gemidos e me dirijo em desespero à porta de entrada. Obstáculo prontamente vencido, você começa a tirar a minha roupa, puxa com força a camiseta que não rasga, levanto os braços e me desfaço dela com a ajuda de suas mãos que se perdem entre meus seios e a sua blusa, o fecho da sua calça jeans cede com facilidade, com uma das mãos você joga para longe o chapéu deixando à mostra vistosos cabelos pretos, mete a mão por debaixo da minha saia erguendo-a até a cintura, toca a minha xoxota afastando a calcinha com dedos bem treinados, arranco suas calças num movimento nervoso, transamos ali mesmo, coladas à parede, rapidamente. Praticamente carrego você até a cama de casal no quarto ao lado e não tenho ânimo nem de ir ao banheiro antes de desmaiar de cansaço. Hibernamos por seis longas horas.

Cochila por cinco minutos no meu colo, vai até o quarto pegar um cigarro na carteira, fuma escorada no travesseiro suado perto da janela, cheirando a sexo, levanta-se decidida, pega o casaco, coloca o chapéu e vai embora, não sem antes deixar seu nome e número de telefone sobre a mesa da sala. Marta: bonito nome. E eu, que nem gosto de goiabada nem nada, fico sentada na cama comendo um pedaço de goiabada cascão com gosto.

Toca o telefone no quarto, atendo ainda sonolenta e ouço ao longe uma voz rouca dizendo frases que não compreendo. Desligo abruptamente e suo aterrorizada, pela janela aberta da sala ouço vozes dos assíduos bebedores de cerveja do bar da esquina e procuro em vão o gosto de goiabada cascão na boca.

43

8
Viagem no inverno

Roberta gosta muito de viajar, mas não de pegar aviões, isso sempre a assusta, ela bebe para controlar o medo, não pode ver garrafas de uísque no carrinho das outrora aeromoças, agora comissárias de bordo, e já esboça um sorriso largo de satisfação, escamoteando um apelo de salve-me, e pobre passageiro vizinho, ao lado da menina gorducha que bebe muito e fala, e quanto mais bebe mais fala e se refestela no banco.

Uma longa viagem, mais de quinze horas em direção a uma cidade pequena, foge de um Brasil em eterna recessão, sem um tostão e com um casamento arranjado para regularizar o indispensável visto de trabalho. A amiga da amiga se dispôs a casar com ela por míseros... – é melhor nem comentar o quanto valem suas economias de três anos trabalhando como secretária numa multinacional – num país onde a união gay é regularizada. Dos males o menor, se é para casar que ao menos seja com uma mulher. Roberta, sonhadora e fiel ouvinte de Abba, acredita num possível romance. Está sem namorar há dois anos, culpa da maldita estética praiana, quisera ela ter nascido no sul encoberta por grossos casacos até a metade da orelha e disfarçando sua avantajada silhueta, adicione-se a esta desvantagem geográfica questões probabilísticas, estima-se em dez por cento a população gay mundial, e nessa cidade ovo-praiana, pensa ela depois de efetuar cálculos exaustivos arrancando nervosamente fios de cabelos do queixo, restam pouco mais de vinte mil opções, tendo ainda que subtrair dessa aproximação grosseira os meninos... uff, melhor parar por aí para não ficar deprimida e se afundar num balde de sorvete com calda de chocolate. Mas nessa hora a tecnologia vem falar mais alto e a internet chega para tirá-la do purgatório. Manteve durante todos estes meses contato com sua melhor amiga, feliz moradora de uma cidade não maior que o ovo brasileiro onde até então ainda mora Roberta, e localizada na tão sonhada vizinhança de Papai Noel, homem fanfarrão que passa o ano bebendo e fazendo sabe-se lá o que mais com um grupo de anões numa casa perdida no meio do nada e depois veste a carapuça de bom moço cheio de conselhos, julgando e premiando o comportamento infantil a seu bel prazer. Demorou anos para entender o porquê dos presentes equivocados ganhos durante consecutivos Natais: sempre aparecia a boneca do ano em resposta ao seu pedido de um caminhão de mudanças.

Esta amizade agora à distância lhe rende fotos de Virgínia sorriso McDonald's enviadas on-line ao lado de moças e rapazes não menos felizes, enfim o paraíso, e Roberta bêbada dormindo nesse avião turbulento sonha com moças de maiô que se esbaldam em gramados verdejantes de parques ensolarados.

O aeroporto mais parece um aquário com suas gigantescas paredes de vidro, sente-se como aqueles peixes gorduchos de restaurantes em aquários matadouros. Ao longe vê um mar de montanhas com picos brancos desenhadas com esmero, o perfeito caminho da felicidade oferecido em programas dominicais. Pelo lado de dentro encontra em clausura vigiada o turbante colorido na cabeça do senhor de olheiras negras e fundas, os turistas alemães com suas meias erguidas até o joelho terminando em bermudas esportivas e mochilas com incontáveis penduricalhos, e uma quantidade incomensurável de cabeças loiras e pele alva que se arrastam com lentidão. Encontrar estrangeiros aqui é fácil – repara ela, entre um copo de chocolate quente e um capuccino no café do aeroporto aguardando Virgínia –, qualquer um que não seja loiro, cabelo liso, olhos claros e branco como bunda. Contabiliza escassos transeuntes de descendência árabe ou africana, não esquecendo também das francesas, cabelo chanel e roupas pretas inconfundíveis. Virgínia surge do nada com uma hora de atraso e corre na sua direção toda sorrisos e desculpas. Um ônibus as leva até a cidade por meio de muita neve e montanhas.

Com o mapa da cidade em riste, jura que lhe deram por ironia o mapa errado, faz somente duas horas que percorre o centro da cidade e praticamente não há mais uma viela pela qual não tenha cruzado, enquanto o mapa de ruas compridas que se desdobra na mão está cheio de pontos turísticos marcados com bolinhas negras, um museu aqui, outro acolá e a catedral bem no meio da praça. Neste momento entende a balela toda sobre a sua pequenez perante aquelas paredes de pedras grandiosas, milenares. Seu corpo encurva enquanto adentra a porta de madeira e vê o teto distante. Sente-se um verme rastejante perante a opulência do nosso senhor, melhor correr logo dali antes que algum vírus religioso decida manifestar-se no seu corpo. Imagine se justo agora tivesse de enfrentar crises de consciência, decidindo se está ou não explícito em alguma escritura que ela pode ou não olhar os peitos das meninas cheia de desejo. Decididamente tem mais o que fazer nessa nova vida.

Mil burocracias a cumprir nessa cidade de casas coloridas e ruas limpas, bem iluminadas, tudo parece funcionar nas mãos de gente que diz não com um sorriso nos lábios e tem uma eficiência perturbadora. Roberta dirige-se até o escritório da prefeitura no centro da cidade disposta a tirar sua carteira de identificação, aguarda não mais que cinco minutos olhando os guichês higiênicos de vidro transparente, com atendentes educados de fala mansa. A moça do guichê à sua frente a chama e eis que o interrogatório começa, nome, filiação etc., até que pergunta onde ela mora, Roberta soletra o endereço em meio a suadouros conseguindo evitar grandes erros e recebe como resposta:

– Mas em qual quarto?

Roberta e sua mente suja divagam sobre uma possível cantada, como assim, que quarto? Uma vez que toda-medrosa-sapeca permanece calada com um olhar divagante, a loira-alta-de-olhos-azuis reluzentes diz num tom de despeito elucidativo:

– Você mora numa casa com seis quartos, dois no andar de baixo e quatro no andar de cima – e a encara fixamente.

Depois dessa explicação mais que polida decide responder logo, antes que ela dê detalhes sobre sua vida pessoal. Segue ainda uma confusão sobre o número do quarto, há seis quartos claramente numerados de um a seis na cabeça da olhos-azuis-cabelos-loiros, mas não é tão claro assim, tudo depende de onde começa a contagem, do andar de cima, do andar de baixo, do canto direito ou do canto esquerdo, caso comece no andar de cima e canto direito ainda é preciso decidir se é o quarto da frente ou o dos fundos, e tudo ainda tem de ser conversado em um inglês que, somados os anos de estudo de ambas nessa língua universal, não chega a dez, usando palavras que se decora uma vez na vida e esquece certa de que nunca mais precisará delas novamente. A muito custo, entre gestos e depois de um ardiloso desenho da casa, o inconveniente é resolvido. Roberta explica, entre tremores de tensão para essa ex-agente FBI, que deve mudar de quarto no dia quinze de novembro. Algumas pessoas deixarão a casa e ela será realojada num quarto do qual se recusa a dizer o número, mas aponta corretamente sobre o desenho no balcão. A atendente preenche algumas linhas mais com palavras criptografadas sem olhar no seu rosto e diz:

– Quando você mudar de quarto, no dia quinze de novembro, deve voltar e avisar.

Sai de lá feliz de não ter de ouvir comentários sobre sua escova de dentes meio velha no armário do banheiro. E as burocracias, agora sanitárias, persistem. Vinda de um país quente, com mais de cinqüenta por cento da população vivendo abaixo da linha de pobreza, tem de fazer um exame de tuberculose exigido apenas a oriundos do Terceiro Mundo. A enfermeira, sempre loira, de cabelos picotados olha para ela, diz algo incompreensível nessa língua ancestral, faz um sinal que ela entende como arregaçar a manga da camisa, pega alguma coisa que Roberta não quer nem ver pois acha que é uma agulha, e lhe dá duas arranhadas no braço, exame findado. Volta ao hospital dois dias depois com o braço normal, conclui que a gata não estava raivosa; a enfermeira, que Roberta não estava tuberculosa.

Terminadas as preliminares, Roberta parte para o ataque propriamente dito na companhia de Virgínia, enquanto aguarda por conhecer a relutante Fernanda, que nestas últimas semanas circula deslumbrada por bares na companhia de um casal lésbico numa explícita alusão a um *ménage à trois*. Um único bar gay na cidade é o que resta, mas não desiste facilmente, afinal cruzou um oceano e sobreviveu à torrente burocrática. Cai na noite a chacoalhar o corpo entre copos de cerveja e *disco music*. Sorridente e exótica nesse país de cinderelas loiras e rosto Cindy Crawford, Roberta faz-se notar com facilidade, cabelos escuros longos de cachos macios e pele cor de mel, seu inglês de secretária é de difícil compreensão mas não impede conversas animadas e noites longas. Depois das baladas que terminam irremediavelmente às duas e meia da manhã (horário no qual fecham todos os bares, boates e qualquer que seja o recinto de divertimento), Roberta é figurinha fácil na casa de um e de outro bebendo e ouvindo música até o amanhecer. Arranja uma faxina aqui e outra ali enquanto aguarda o desenrolar de uma cama para três de Fernanda, o tal casamento, o visto. Roberta se enrola e rola em beijos gratuitos, sexo furtivo, anda pelas ruas de cabeça erguida, serelepe, nem o trabalho braçal a chateia, fala com mais convicção tomando conta da própria vida.

Os dias de glória sucumbem à posse e Fernanda vira notícia no mundo da noite depois de um barraco público de ciúme – fim do *ménage*. Entre tapas e beijos, Fernanda foi deixada na porta de um bar, descabelou-se por uma semana, chorou as tripas mais dois dias e voltou à vida normal. Num clima de ostracismo aceita encontrar a tal brasileira amiga de Virgínia. Encontro marcado num café de um sábado chuvoso, Roberta impaciente com o problema do visto, passados dois meses desde a sua chegada, Fernanda num clima de seja o que Deus quiser, aquela história de casamento foi como uma brincadeira e criou asas, agora cá está ela frente a frente com essa estranha para o cumprimento de uma negociação obtusa. Desistem do café e Fernanda convence Roberta a aderir ao tradicional *buffet* de chopes onde elas poderão experimentar os mais de vinte tipos de chopes da casa, de gostos diversos e cujos tons variam desde o caramelo do açúcar bem queimado até o amarelo esbranquiçado do chope brasileiro. Fernanda vai dando explicações sobre as origens de cada um, o país de procedência, a importância do comprimento e a temperatura da serpentina, e chama a atenção para a técnica apurada que o mais antigo garçom do bar utiliza para retirar o chope de colarinho justo. A animação aumenta e Roberta destoa falando alto nesse bar quase velório. Decidem ir para a boate.

A música mexicana está em alta e Roberta ri do cultuado e incompreendido refrão – *no puedo mas vivir sin ti cariño*. Fernanda cumprimenta meia boate, distribui beijos e pede dois chopes no balcão, arrastando a noite por mais algumas horas. A estética gay transcende fronteiras, multiplicando homens robustos de camisetas justas pelo bar afora. O mundo das marcas também tem sua fatia garantida em meio a tanta futilidade, proliferam camisetas escondidas por detrás de etiquetas em letras garrafais dando um pretenso status ao usuário. Roberta se vende nesse mundo de aparências com sua camiseta da seleção brasileira comprada no camelô no centro da cidade dias antes da sua viagem.

O último ônibus da madrugada partiu faz meia hora e os bares todos estão para fechar. Sem ter como voltar para casa e com chance real de morrer congelada, Roberta se convida para dormir na casa de Fernanda, rompendo com a tradicional frieza européia. Elas caminham juntas pelas ruas nevadas, iluminadas em parte pela luz fosca emergindo dos postes e também pelo reflexo da luz da lua na neve, sobem pelas calçadas brincando nos montes brancos. O ar frio corta o rosto congelando a respiração no cachecol, mas elas andam como se passeassem pela orla da praia num dia de sol, sem pressa, olhando o céu coberto de estrelas, compram um café quente na lanchonete aberta vinte e quatro horas. Duas ladeiras acima está a casa da Fernanda, um apartamento moderno alugado no porão de uma casa de madeira de dois andares, as janelas dão para o nível da rua causando uma sensação de claustrofobia, uma delas sempre entreaberta facilitando o ir e vir do gato da casa.

Não há mais dúvidas de que essa noite inesperadamente terminará na cama, tiram a roupa em meio a gargalhadas lembrando e comentando a boate. Acariciam-se naturalmente indo do riso ao gozo em minutos, dormem logo em seguida, entrelaçadas e babando no travesseiro.

Roberta encontrou, além de uma amante calorosa, uma guia turística nota dez. Elas percorrem de bicicleta não apenas o centro da cidade como Roberta vinha fazendo, feito criança a rodar num labirinto conhecido, mas longas trilhas sinuosas de terra no meio do mato acompanhando a correnteza do rio que divide a cidade, com direito a paradas estratégicas para cafés e cafunés. Viajam juntas de trem para o interior do país onde mora a família de Fernanda, uma cidadezinha com não mais que três mil habitantes de igual arquitetura. A mãe de Fernanda toda prosa cozinha o prato típico da região – carne de ovelha com repolho –, surpresa para a filha que nunca trouxe um amigo para casa antes. Roberta, por sua vez, prepara um bolo de milho batumado tentando agradar a sogra desavisada, o único que sabe fazer inclusive.

Roberta se inscreve num curso de línguas semestral na universidade, facilitando a conversão do seu visto de turista para visto de estudante e garantindo sua estada por mais um semestre. Muda-se de mala e cuia para a casa de Fernanda, usufruindo da vista nada panorâmica das janelas. Mas quem se importa com a paisagem tendo perto dos olhos uma amante ardorosa? O inverno se enche de graça e até as doloridas quedas nas calçadas escorregadiças de gelo passam a ter menos importância. Elas fazem planos de morar num iglu nos próximos três meses no Pólo Norte, depois viajar para a Tailândia e alugar um chalé à beira-mar ou quem sabe dar a volta ao mundo num navio cargueiro. Entre tantos sonhos terminam por voltar juntas para o Brasil, para viver no Rio de Janeiro, na praia de Copacabana. Apostam alto nesse amor de inverno nascido ao acaso.

9
Domingo

    Esguia e bela. Uma beleza confundida com o deslumbramento dos primeiros contatos, o toque suave, a precisão dos movimentos. Sentada na cadeira em frente ao computador, eu a vejo recostada à janela, silenciosa, um livro caído no chão à sua frente, grandes almofadas brancas ao lado, a rede pendurada no canto da sala é suavemente balançada pela brisa, o sol começa a se pôr e relembro as últimas horas na praia. São quarenta minutos da minha casa à praia, nem sempre tenho paciência ou vontade de enfrentar o trânsito, disputar a rua com os motoristas de domingo, motoristas-família, o sol que me torra os miolos. Porém na sua companhia tudo muda, volto a ter a alegria das crianças aos domingos, aguardo ansiosa pelos domingos, já na quinta-feira à noite mal durmo com a mente recheada de sonhos do momento em que a terei. Na praia de areia branca e ondas fortes eu deito ao seu lado sobre a canga carnavalesca, me preocupa essa maresia, nenhum mergulho, tenho medo de perdê-la, que alguém venha, a seduza e a leve para longe de mim.
    Levanto por um instante e coloco uma música na vitrola, uma música antiga, a sua companhia me deixa nostálgica, faz lembrar de quando era criança e corria com os vizinhos pelos terrenos esburacados de obras das casas em construção, à tarde guerras de pingue-pongue, a bicicleta pegada emprestada de meu irmão mais velho que mal podia controlar. Me aproximo, você continua inerte, cansada, volto ao computador e escrevo cartas, cartas e mais cartas, mas em momento algum falo de você, guardo só para mim este momento, não quero ainda dividi-lo, ainda é cedo, um segredo a duas é ainda um segredo.

Um banho frio revigora meus músculos, cedo ao seu apelo mudo, desligo o computador, a tomo em meus braços, desço pelo elevador estes oito andares que nos separam da ciclovia e seguimos pedalando em direção ao pôr-do-sol mais próximo.

10
Das crises inúteis

Um ar de tristeza era certo em seu rosto, com a boca sisuda se fechando em marcas profundas nos cantos da boca, o olhar baixo de íris brilhantes encarcerando lágrimas a um preço alto. Conteve o choro e olhou nos olhos dizendo:
– Não tem nada a ver com você, tem a ver comigo. Mas como você de alguma maneira está comigo, tem a ver com você. E já não me importo.

Virou para o lado de fora da cama agarrada ao terceiro travesseiro e sentiu um cheiro forte de penas de ganso impregnando as narinas. Pressionando-o com força contra seu peito e contendo uma angústia inexplicável recolheu as pernas em posição fetal, os olhos fixos numa mancha na parede de contornos assustadores. Continuou num tom mais baixo, como se resmungasse consigo mesma:
– Hoje não me importo com muitas coisas, com a eterna xícara suja de café em cima da pia, com as roupas velhas desbotadas, com o ter de levantar cedo todo dia de manhã... – e continuou a lembrar de uma lista interminável de pequenas coisas que algum dia a haviam incomodado e que já não faziam sentido.

Afastou a mão reconfortante que ousava pousar sobre seu ombro direito, deitou-se olhando para o teto colocando estrategicamente o travesseiro entre seus corpos. O lustre comprado em conjunto fora branco um dia e agora estava amarelado de poeira, tinha uma luz fosca que a obrigava a acender o abajur junto à cama cada vez que queria ler um livro. Sentia o ar quente e parado invadindo os pulmões, seu corpo fazia parte deste quarto, um móvel a mais, inerte num canto e sem nenhum interesse diferenciado. Olhou por sobre os pés e viu um emaranhado de calça e camiseta recostado na parede no fundo do quarto: o emaranhado andarilho, mudando de cor a cada noite; numa a calça jeans com a camiseta laranja, noutra a bermuda cáqui com a camiseta preta apertada, noutra ainda o vestido azul desfigurando a sucessão bicolor. Era assim tão difícil que ela colocasse as roupas dentro do armário e depois realizasse o esforço sobre-humano de fechar a porta, os monstros do armário ainda a perseguiam, podia ouvi-los murmurando ofensas ameaçadoras ao longe, os seres transfigurados sem pernas, cabeças, faltando olhos da infância haviam ganho nomes e espaço, bastava ligar a televisão para vê-los em cores no telejornal diário. Porque ninguém se preocupava em avisar que os monstros existem.

– Amanhã mesmo procurarei outro emprego... – falou num tom cansado, era fotógrafa de horrores, viajara o mundo fotografando desgraças, muitos invejavam a profissional bem-sucedida que conhecia metade do mundo, esqueciam do detalhe da metade do mundo aos pedaços (se é que a parte não visivelmente aos pedaços pudesse ser considerada intacta). Riu baixinho pensando que podia fazer um filme, *Freaks parte II*, coletando fotos premiadas do álbum orgulhosamente guardado de capa de couro preta, um orgulho sem escrúpulos.

Deitou-se de lado e pôde ver os cabelos ruivos brilhantes, brilhavam com o sol cintilante na beira da praia ainda hoje, o corpo esmorecera mas os cabelos mantinham praticamente a mesma vivacidade, com alguns parcos fios brancos, que em vez de denegrir sua imagem davam-lhe um ar instigador, um charme e uma segurança no olhar que não tinha alguns anos antes. Onde havia se escondido o furor de sentimentos que as unira? Lembrava como tudo tinha começado: uma surpresa, dessas que não se tem todo dia, beijar e tocar e ser tocada quando o desejo já estava lá, calado, aguardando tímido, ela veio e a beijou de leve no pescoço e brincou com a mão boba no seu corpo em meio à multidão, e ela burra que era não percebeu que já estava tudo certo, amarrado, obrigou-a ao risco dos muitos nãos em noites embriagadas, ela e sua perspicácia infantil.

O dia-a-dia era tranqüilo, depois de tantos anos juntas tinham hábitos intocáveis, como ir juntas ao cinema uma vez por semana, fazer sexo no mínimo a cada quinze dias, esquecidos os interlúdios das viagens, jantar no restaurante na esquina de casa todas as quintas. Mas e o amor? Este ficava adormecido, quietinho num canto, às vezes sofria de rompantes de saudades e um sentimento doentio de que não se podia viver sem a sua presença, mas isso acontecia só às vezes. Era isso mesmo o amor, uma linha contínua e tênue fiada dia a dia, que se esgarçava nos dias de desencontros, quando a pasta de dente aberta em cima da pia e as roupas jogadas pelo quarto assumiam uma dimensão irrefreável, e engrossava nas noites frias cheias de carinho, no telefonema na hora difícil seguido do ombro amigo?

– Vou ao banheiro... – disse baixinho contendo as lágrimas, ouvindo como resposta um resmungo de alguém que estava no segundo sono.

Foi ao banheiro lavar o rosto, sentou-se no vaso sanitário e folheou o livro ao lado: Schopenhauer, melhor deixar para outro dia. Olhou seu rosto envelhecido no espelho em cima da pia e não se reconheceu. A torneira da pia insistia em pingar lentamente contando o incontestável passar do tempo, lembrava de si mesma aos dezessete anos e reconhecia alguns poucos traços neste rosto marcado. No mais, tinha feito o que parecera melhor em cada momento (e o que era o melhor?), estava incerta de que fora isso o que desejara para si mesma. O que era mesmo que desejara para si mesma? Cruzou os braços e sentiu o frio dos azulejos sob os pés, abriu um pouco as pernas e concentrou-se para fazer xixi, olhou a parte interna das coxas e notou estrias enraizadas descendo pela virilha até o meio das pernas. Baixou os olhos e viu um primeiro fio mensal de sangue escorrendo vagarosamente de seu corpo a se misturar com a água no fundo do vaso. Levantou-se visivelmente mais aliviada e certa de que acordaria melhor. Lavou o rosto com o sabonete perfumado, voltou para a cama e abraçou o corpo que dormia do lado direito da cama.

11
Conversa sem fio

– Hoje eu não posso, tenho plantão na emergência.
– E amanhã?
– Acordo acabada e a escala da próxima semana ainda vai ser decidida hoje, depois eu te falo – diz Lúcia tentando finalizar a conversa.
– Me liga assim que tiver novidades?
– E sem novidades, posso ligar também? – tentando animar sua amante.
– Deve!
– Vou indo porque senão me atraso, beijos.

Lúcia está atrasada pelo menos quinze minutos, põe o casaco e desce de elevador às pressas, o celular toca ainda na garagem do prédio.
– Alô?
– Oi, amorzão! – diz uma voz ao longe num tom culpado.
– Tudo bem? – responde Lúcia movendo-se entre as colunas da garagem para melhorar o sinal do celular.
– Mais ou menos... te vejo mais tarde, minha linda... eu acho... espero... não posso sair agora de jeito nenhum. Te ligo daqui a pouco... me aguarda.
– Como assim, não pode? E eu, como fico? Tive de acertar mil coisas no trabalho só para te ver.

– Então, tchau – Lúcia desliga o telefone com estardalhaço. Coloca a chave do carro de volta no bolso do casaco, tira o casaco e volta para casa aborrecida, enche um pote de sucrilhos com sorvete e senta em frente à televisão, superamigos, Flipper, os Flintstones e os japas, malditos japas de olho grande, aposta que se pudesse ver por debaixo das bermudas eles também teriam paus enormes, arrastando no chão. Desliga a TV, quase dez da manhã, troca a roupa por uma camiseta, calcinha e chinelos, mais quinze minutos, só quinze minutos de espera, promete a si mesma.

Dá duas voltas em torno da mesa da sala de estar com o telefone sem fio na mão pensativa. Desiste da infinita espera, *redial*.

– Alô?
– Oi meu amor! – Lúcia diz num tom festivo.
– Surpresa boa, que houve?
– Um imprevisto, uma amiga precisava trocar de plantão na pneumo com alguém na quinta e a santa Lúcia aqui, como sabe que você tá livre na quinta à noite, trocou e cá estou eu de volta.
– Você é mesmo um amor.
– Desse modo tenho o dia livre, e você? – diz Lúcia num tom aliviado.
– Só podia cedinho, quando falei com você, vou sair pro trabalho agora.
– Falta hoje, só hoje.
– Ah, meu amor, eu bem que queria, mas hoje tem reunião por lá e, se não apareço, tô no olho da rua.
– Te encontro pro almoço às duas então, que tal? No lugar de sempre.
– Combinado.

Telefone de volta no gancho, ela enche a banheira de água para matar o tempo, joga uns sais e mergulha com um copo de vinho numa mão e um cigarro de maconha na outra para acalmar, coloca o vibrador azul na xoxota, fica em dúvida entre pensar na ex, como se isso fosse um tipo de ultraje visto o fora ainda recente que levou, aproveita então para misturar as mulheres e criar a mulher tesão perfeito, o beijo de uma, o toque da outra, a barriga redondinha da terceira. Está virando uma suruba na sua mente enquanto a xoxota se contorce de excitação, a mão bem no meio das pernas, es-

fregando, melhorando muito, gostoso, hummm, delicioso... O telefone toca, e toca...
— Alô?
— Ai que alívio, morzão, achei que não fosse te encontrar.
— Como assim? — diz Lúcia ainda de guarda fechada.
— Já é quase meio-dia e você bateu o telefone na minha cara hoje de manhã, precisava?
— Ih... é mesmo, quase perco a hora — mudando estrategicamente de assunto.
— Sabe, meu bem, é que o João saiu mais tarde hoje pro trabalho, por isso não pude nem falar direito com você mais cedo. Ele tá numas de que a gente tem de passar mais tempo junto, parecendo sexto sentido.
— Tá desconfiado de novo?
— Acho que sim, e pelo visto parece que mudou de estratégia. Mas deixa isso pra lá agora, meu baby love, e vem aqui pra casa logo que eu tô mesmo é mortinha de saudades.
— Ah, minha vida, você demorou demais pra me ligar de volta, hoje às duas tem uma batida lá no morro e eu fui escalada — diz Lúcia num quê vingativo de felicidade.
— Não acredito, assim de supetão?! Tiram mesmo o teu couro nesse trabalho.
— Juro! Mas não se preocupe que eu vou só na equipe de apoio com o meu uniforme que você tanto ama, passo aí no final da tarde e ainda por cima com o colete à prova de balas.
— Que delícia, pode deixar que eu faço cara de má. Você promete que hoje mete esse cassetete em mim?
— Tudo o que você quiser, minha flor.
Pula da banheira com pressa, da sua casa ao centro da cidade é tudo engarrafado nessa hora e o ar-condicionado do carro continua quebrado. Esvaindo-se em suor compra uma cerveja do ambulante e esconde no meio das pernas ao passar pelo guarda de trânsito. Uma hora e muito depois chega ao restaurante, pede uma mesa perto da coluna e lembra do motel a duas quadras de distância. Pede um chope enquanto espera, pede dois chopes, vai ao banheiro e pede mais um, o telefone toca.
— Só pude ligar agora!

— Imagino! – responde Lúcia meio zonza.

— A reunião engrossou, tem um gringo aqui querendo quebrar tudo, não dá para sair de jeito nenhum e... nem falar. Te amo, beijos!

Esse é o terceiro ou quarto fora do dia, melhor nem contar, o almoço já era, sai do restaurante e dá uma caminhada pelo parque, as árvores são tão fáceis de encontrar, sempre aqui enraizadas, é só chegar perto e dar um abraço, fazer um cafuné... melhor voltar para casa, sexo com vegetais nunca foi sua praia. De volta ao lar, doce lar, a sessão da tarde reprisa pela milésima vez *Querida, encolhi as crianças*. Lembrando da batida policial, só pode voltar a ligar de novo às cinco, cinco e doze para não dar bandeira. Muitas crianças encolhidas depois, ela liga.

— E aí, princesa?

— Tá um saco, um inferno...

— Calma, calma, eu te ajudo a resolver seja lá o que for, você não sabe disso? – diz Lúcia no seu tom general.

— Ah é? Quero ver só, o João tá vindo pra cá mais cedo do trabalho e louco pra me comer, pode?

— Poder não pode! Mas você não me deixa encarar o cara – responde num tom nervoso.

— Ainda não, tenho medo por você, por nós.

— Imagina, se a gente se ama ele tem de entender... e aceitar.

— Você sabe que não é bem assim...

— Vamos parar logo com esse assunto que já tô ficando aporrinhada.

— A campainha tocou, deve ser ele, tô indo, te amo, meu amor!

Televisão ninguém agüenta mais, pega a bicicleta e vai dar uma volta na praia, ver o calçadão, a areia, o mar, os biquínis, as pernas...

— Alô?

— Só cheguei em casa agora, hoje quase me derrubam de tanto trabalho.

— É? E eu que troquei até de plantão hoje de manhã só para te ver, devem ter morrido uns dez por tua causa que a doutora que ficou no meu lugar tá longe de ter mão boa.

— Ih... já tá nervosa.
— Pudera!
— Mas agora eu tô livre, livre e toda sua, sua e cansada, mas dá pro gasto.
— Imagino!
— Quer me encontrar ainda hoje lá no café perto da sua casa?
— Não sei, tô meio de saco cheio.
— Poxa, meu amor, não foi culpa minha, e tô louca pra te ver.
— Dai-me paciência, mas já que você insiste... seja pontual!
— Pode deixar, meu amor, onze em ponto estarei lá!

Escureceu faz algum tempo e é hora de boas moças voltarem para casa, as pernas estão mesmo cansadas de pedalar e ainda tem tempo para um bom banho. Abrindo a porta de casa, toca o telefone.

— Sou eu, preciso te ver!
— Como sempre?
— Agora é sério, o João vai tirar férias.
— Ótimo, manda pro Haiti fazer trabalho social.
— Ou melhor, já tirou e viajamos amanhã para a Bahia, foi surpresa.
— E cadê o cachorro?
— Foi jogar futebol com os amigos.

— Fala alguma coisa.
— Só se for ao vivo, me encontra ainda hoje. Também tenho uma surpresa.

Se demora no chuveiro em frente ao espelho colocando a blusa para dentro das calças, aparece tranqüilamente no café só às onze e meia com o celular no bolso precavidamente desligado, e lá estão, Joana e Fernanda, uma em cada mesa, sentadas praticamente de frente uma para a outra, lindas as duas e de estilos tão diferentes.

Elas se levantam ao mesmo tempo, se olham surpresas e caminham na mesma direção, Lúcia se aproxima e as apresenta.

– Joana, esta é a Fernanda. Fernanda, Joana. As duas mulheres mais ocupadas do mundo.

Dá meia-volta e vai embora para casa assistir à sessão da madrugada...

12

Açude

Férias no interior, uma dívida familiar, faz mais de dez anos desde a última vez que sua mãe visitou as irmãs esquecidas na fazenda e, agora que comprou um carro, chegou a hora de compartilhar os seus benefícios. O açude é a melhor lembrança que tem da fazenda, onde se banhava nas tardes quentes de domingo em companhia das primas. Márcia, na casa dos quarenta anos, morou sempre com a mãe, que era a única, de uma família de cinco filhas, a ter mudado para a cidade grande depois de casar-se com um caixeiro viajante. Ela permaneceu em casa para fazer companhia à mãe depois da separação, o pai assumiu a segunda família que vinha mantendo já fazia alguns anos em outro estado e desde então não tiveram mais notícias dele. Filha única de um casamento que precisava de muitos filhos, sente-se na obrigação de estar ao lado da mãe, que passa os dias a tomar conta da casa e ler qualquer coisa que lhe caia nas mãos, alheia a tudo que ocorre à sua volta.

Passou as duas últimas semanas a dar telefonemas, pagar contas e, nos escassos momentos de quietude, lembrou dos passeios pela fazenda na companhia das primas. Sabe que duas delas se casaram e partiram para formar família em cidades vizinhas, resta apenas Luiza a tomar conta da mãe, de uma tia e da casa. Do grupo, é a mais nova e sempre sofria com as brincadeiras impostas pelas demais. É curioso voltar a pensar nela de novo passados tantos anos. Tem boas lembranças da infância, nos verões viajavam sempre para a casa dos tios, ela, o pai e a mãe num fusca azul apertado, gostava de sentir o vento a balançar os longos cachos ruivos cuidadosamente feitos pela mãe, viajava com a cabeça escorada no banco a olhar a paisagem pela janela arreganhada. A casa ficava num lugarejo pequeno e afastado da cidade, ainda sem luz ou água encanada naquela época. As famílias se reuniam à noite na varanda quente depois de um duro dia de trabalho no campo, contando causos à luz de um lampião rodeado de pequenos mosquitos a colidirem incessantemente contra o vidro iluminado. Ouvia longas histórias de lobisomens, de cobras com chifre, e era tudo muito verdade. Os mais velhos bebiam vinho, que dependendo da época do ano mais parecia vinagre pelo mau acondicionamento, as crianças faziam por vezes suco num copo pequeno, metade vinho, metade água com duas grandes colheres de açúcar. Depois ela corria medrosa para se esconder debaixo das cobertas, dividindo a cama com Luiza, a prima mais chegada. De dia eram cinco as crianças a correr morro abaixo, morro acima, comendo quaresma, andando de carrinho de rolimã e molhando-se no riacho de água gélida perto da casa. No fim da tarde a festa era recolher os bezerros do campo para a estrebaria, ajudando e atrapalhando os mais velhos a tirar leite das vacas. À noite se dormia um sono cansado.

 A casa pouco ou quase nada mudou, de estilo colonial com uma chaminé fumegante, erguida sobre um porão de pedras usado para armazenar vinho, queijos e salame. Um puxado novo foi construído ao lado da casa, servindo de garagem para três carros, no domingo é esvaziado para dar vez a longas mesas de madeira para o almoço que reúne parte da família.

 Nas manhãs, Márcia caminha na companhia da mãe e das tias visitando videiras com seus cachos de uvas verdes brilhantes, respondendo à eterna pergunta das tias sobre quando irá se casar com um resmungo, como se ainda fosse uma adolescente prestando conta de seus atos. À tarde ela ajuda Luiza nos afazeres da cozinha e depois partem para uma caminhada pelos morros virgens. Revê o pinheiro mais alto do morro, imponente, cujo tronco precisa de cinco pessoas de braços abertos para circundá-lo, fortificado pela chuva e pelos anos. Percebe a falta que faz o cheiro de terra no seu dia-a-dia e conversa curiosa com Luiza sobre a rotina da fazenda com perguntas impertinentes a respeito do plantio, colheita e criação de animais, as quais Luiza responde detalhadamente e satisfeita por encontrar alguém ao mesmo tempo tão interessada e tão pouco versada nestes assuntos. Seu cotidiano em geral se resume a trabalho e pouco diálogo; muito trabalho.

Sentada na varanda nos fundos da casa Márcia observa a prima no eterno ritual de lavar a calçada antes do almoço, chinelos de dedo, as pernas lisas terminando em um *short* azul, a camiseta cavada suada marcando a silhueta dos seios, conversam sobre um pouco de tudo. Márcia coloca a prima a par das novidades falando dos últimos acontecimentos lidos no jornal e ouve com atenção as muitas idéias ingênuas de Luiza a respeito das pessoas. Luiza mudou muito nestes anos, da criança raquítica cheia de manias à mesa transformou-se numa mulher corpulenta, de físico forte que contrasta com a simplicidade de suas idéias. Ela retira do balde um pano encardido que se prende na alça de alumínio, a água barrenta escorre por entre seus dedos embrutecidos, de quatro passa o pano nas lajotas avermelhadas fazendo refletir um brilho que há muito não se vê, os quadris movimentam-se e o olhar de Márcia não passa despercebido.

As tardes na fazenda são movimentadas, da varanda Márcia vê a prima lavar os intestinos do porco recém morto na água corrente do riacho, farão morcilhas mais tarde e enche-se de vergonha porque, em vez de sentir pena do animal morto, consegue apenas entreter-se com as pernas musculosas de Luiza que ficam à mostra por conta da saia arregaçada. Disfarça o olhar com um livro entre as mãos, repudia-se por não ser capaz de suportar a vista de nem uma gota de sangue sem sentir tonturas e desse modo ficar impossibilitada de ajudar em algumas tarefas do dia e desfrutar da companhia que tanto lhe apraz.

Com uma boa instrutora como Luiza, Márcia ajuda no feitio do almoço no fogão a lenha e, contrariando a sabedoria popular, aprende que mesmo num fogão a lenha a comida queima se não for bem cuidada; fica atenta cercando as panelas e colocando um novo pedaço de madeira entre as labaredas. As mulheres se reúnem ao redor da mesa fazendo tortéis recheados de abóbora para o encontro da família, a cozinha fica impregnada com um cheiro gostoso de infância. O almoço é marcado pelo barulho das falas altas de uma típica refeição italiana, come-se e bebe-se demais.

Quase todos cochilam depois do almoço farto, exceto Luiza, que termina de arrumar as coisas na cozinha e com uma vassoura na mão retira meticulosamente migalhas de debaixo da mesa. Passam de duas da tarde e Márcia roda inquieta pela casa, faz uma semana desde que chegou e deve partir na segunda cedinho de volta ao trabalho, quer muito aproveitar bem o restante de seu tempo livre e isso exclui a possibilidade de ficar dormindo a tarde inteira. Convida Luiza:

– Se você não estiver muito cansada, que tal darmos um passeio a cavalo?

Ao que Luiza responde sem hesitação:

– Vou preparar os cavalos na estrebaria, você vem?

As pernas fortes de Luiza se prendem ao estribo, os braços firmes seguram a rédea definindo a musculatura do braço. Os cabelos desgrenhados dão um ar de rebeldia que destoa da sua personalidade ao mesmo tempo dócil e decidida. É como estar de volta no tempo, mesmo sem se falarem elas cavalgam na direção do açude. Fica a uns vinte minutos da casa, construído para a criação de peixes e transformado em piscina natural.

Márcia tira toda a roupa sem hesitação e percebe o constrangimento de Luiza, que opta por permanecer de camiseta e calcinha. Luiza entra pé ante pé na água para só depois dar umas fortes braçadas para se aquecer na água fria, Márcia mergulha em estilo olímpico, dando graças às aulas de natação e causando encantamento no olhar de Luiza. Elas jogam água uma na outra fazendo alarde, Márcia, a pedido, faz uma péssima demonstração dos variados estilos de nado deixando Luiza boquiaberta e curiosa por aprender uns movimentos. Márcia diz que a terra barrenta faz muito bem para a pele e começa a se cobrir do lodo entremeado de capim da margem. Luiza acha a prima meio estranha mas nunca se divertiu tanto nos últimos anos e cede à idéia de se cobrir também de argila, elas passam a mão cheia de barro uma no corpo da outra, pelas costas, nas pernas e braços, encharcam os cabelos, ressaltando suas propriedades num dueto: deixa a pele macia, seca as espinhas, rejuvenesce, deixa o corpo feliz, tira as manchas da pele, até que num impulso Márcia diz – dá tesão –, calando a prima num sorriso nervoso. Luiza corre para a água para acalmar seus sentidos, está feliz, imensamente feliz, Márcia a segue e começam a tirar o barro ressecado colado no corpo, as mãos agora têm de ser mais ágeis, mais fortes, elas estão muito próximas uma da outra. Já não sorriem, cientes do desejo que toma conta do corpo. Sem saber como agir, as mãos continuam a realizar a tarefa iniciada, as duas se olham nos olhos por um instante e se beijam, um beijo aguardado, desejado, compartilhado, que começa tímido e cresce no abrir de suas bocas, no roçar das línguas, que já não têm medo. É como o primeiro beijo e também não é o primeiro beijo. Os movimentos são lentos, incrédulos e tímidos entre elas, duas mulheres adultas que se conheciam demais e se perderam no passar do tempo. Às vezes parece um beijo guardado da adolescência, guardado numa lembrança de quando brincavam juntas, um beijo cheio de significados e por isso tímido e forte, um beijo longo, insaciável, preenchendo o passar dos anos. Para uma, o abrir de um caminho, inusitado, inesperado, para a outra a realização de um desejo inconsciente, guardado a sete chaves do mundo real. Um beijo de entrega, de perdição, sem volta.

O pequeno interlúdio entre a tarde e a noite torna-se um sofrimento, escassas palavras são ditas e parece que a qualquer momento alguém vai parar de se controlar e dizer o que não deve ser dito na frente de todo mundo, ambas têm essa impressão de perigo constante e mal se olham, preparando juntas, como todos os dias, a mesa do café da noite.

Elas sabem que vão compartilhar a mesma cama, como todas as noites, numa noite diferente de todas as outras. O colchão macio de penas, cúmplice, aninha os corpos no centro da cama, e o toque de evitado passa a ser desfrutado. Os corpos sedosos do banho de argila se tocam, a pele macia, sem pêlos, os músculos rijos de Luiza, a tensão explícita na sua fronte, sons abafados emergem por entre os lençóis e as respirações ofegantes umedecem os corpos encobertos. Uma noite inteira pela frente, protegidas pelo breu e apaziguadas pela água.

Acorda com olheiras felizes às cinco da manhã e ajuda Luiza a preparar o café para a casa que só vai despertar dali a meia hora. A mão desliza oportunamente sobre a mão pegando a chaleira num mistério desvendado, o cheiro bom do seu corpo ainda exala pelas narinas. Luiza, numa felicidade confusa, amada completamente pela primeira vez, descobriu recantos antes desconhecidos de seu corpo. Sente-se bela à sua maneira tímida e prende os cabelos num ímpeto, culpada da sua felicidade. Tira a mão debaixo do peso gostoso da mão de Márcia querendo deixá-la ali para sempre e Márcia compreende, sorri baixinho, acolhedora e radiante, não insiste, segue abrindo a geladeira e pegando a geléia de morangos feita por Luiza. O pensamento devaneia e ela retorna a si com um toque no braço e um beijo furtivo.

O café da manhã mais saboroso da sua vida, com gosto vivo de prima e cheiro de café passado no ar. Malas prontas, elas se despedem num abraço prolongado na frente da família e no caminho de volta para casa, enquanto sua mãe monologa exaustivamente, Márcia pensa que sentirá sempre saudades da prima.

13
De quando quase desenamorei de Clarice

Ela surgiu cedo e num primeiro momento foi logo descartada, a vida mal começava e ela às voltas com uma *mise-en-scène* de mata ou não mata barata. Eu, na época, não tinha a menor dúvida em terminar logo com a história toda num primeiro golpe de havaiana bem dado, o livro não passaria do primeiro capítulo. Voltei a ela aos vinte e comecei pelo que me parecia o começo, com a história de Lóri e o atrativo título – livro dos prazeres –, e enamorei-me de pronto. O que mais interessou foi o romance entre a moça suburbana professora primária e o professor de filosofia, aquela coisa toda encruada e o moço que comia todo mundo menos a Lóri, dava uma pena. O moço com ar superior, falando empostado, meu lado patrulha não podia deixar de ver um certo machismo naquela relação desigual e queria ajudar a Lóri, estar perto dela e, como uma extensão de Lóri, queria Clarice. Lóri moldava Clarice nesse primeiro momento, dava vida e forma à escritora por detrás da história e emprestava muito da personagem à escritora: a timidez, o estranhamento do mundo. Apaixonava-me a cada página por uma e pela outra, pela intelectual misteriosa arredia a entrevistas.

Dada a adaptações, ficava em casa sonhando com a professora de literatura do secundário exalando ensinamentos num ônibus lotado e calorento rodando pelos bairros afastados da cidade, e nesses devaneios ela era muito mais decidida que o tal do moço, abusando e sendo abusada por mim durante as aulas práticas sobre romantismo.

Depois continuei lendo seus contos e livros e hoje me parece que, quanto menos sentido fazem as palavras, mais sentido faz o texto e os contos entram em mim causando arrepios, as emoções perfeitamente traduzidas em palavras. Vi ainda uma entrevista na televisão, ela sentada numa cadeira com os olhos de gato siamês meticulosamente pintados e um sotaque ucraniano charmoso, naquele dia estava horrorizada com uma dessas notícias de jornal sobre um menino que havia sido morto não com um tiro e sim com cinco tiros dados pelas costas, comoção nacional, e ela se horrorizava, um primeiro tiro talvez se explique pela afobação, a pressa, a raiva, mas um segundo, terceiro, quarto... revela o horror que todos somos, e ela se indignava, calada, e eu idolatrava ainda mais essa mulher que podia ainda verdadeiramente se horrorizar com o ser humano. O melhor dessa relação passional unilateral (o que foi sempre uma pena, diga-se de passagem) é que bastava abrir um livro e voltar a lê-la que a paixão ressurgia das cinzas mornas, persistia sobrevivendo aos percalços do tempo.

Na falta de outrem, dia desses me dei eu mesma o mais lindo dos presentes, um livro que por fim quase me desgraça o encanto, caderno de literatura, trezentas e trinta páginas de Clarice. Só senti foi a falta de fotos nuas em infinito compêndio (quiçá aparecerão numa biografia não autorizada). E ali desnudamos Clarice! Descubro segredos há muito sabidos pelo clã de admiradores pragmáticos, mas eu só deparo agora com a Clarice carne e osso. E me surpreendo pelo sotaque possivelmente estrangeiro não passar de um equívoco físico de língua presa, contornável por um processo cirúrgico doloroso ao qual ela não se permitia. E a intelectual voraz leitora do meu mundo imaginário confessa, apesar da notória influência proclamada por críticos de Virginia Woolf e Joyce em sua obra, que estes vieram ter com ela não antes do segundo livro, e assim se passou com muitos outros escritores, surgindo ao acaso como quando ela comprou *Felicidade* da Katherine Mansfield sem saber de quem se tratava. Casada com um diplomata, Clarice Maria organizava jantares por obrigação e não por prazer.

Sempre acreditei ser a vaidade mais um defeito do que uma virtude e leio declarações de que ela muito se importava que as pessoas a achassem bela, um desejo assim humano pouco combina com tamanho esplendor. Aprendo desse modo a julgar menos. Sim, caíram por terra muitas das minhas ilusões, conhecendo essa Clarice humana desfez-se o mito.

Porém, quando vi a foto dela de costas nas areias de Copacabana, mirando o mar exatamente como Lóri faria, num casto maiô e envolta numa toalha de banho que lhe cobria a cabeça e os ombros, com longas e belas pernas à mostra, tive a certeza de que o amor não se foi. Restam ainda o tom contido e a fala mansa monossilábica, a leitora ingênua que tão bem escrevia, a mãe zelosa e por fim a obra imortalizando a deusa.

14
Cabana na floresta

Dezembro. Clarice tinha então trinta anos e morava em uma cidade fria, habitável graças às sutilezas da natureza, uma corrente quente do golfo inundava os fiordes. Via neve pela primeira vez na vida e a cada manhã ficava deslumbrada com a brancura da cidade. Tudo era novidade, o som dos sapatos a espezinhar a neve, o caminho sinuoso pelo parque coroado por um forte, à meia-luz em pleno dia e o desejo quase incontrolável de rolar naquela imensidão branca. Havia chegado fazia dois meses e fizera um grupo de amigos, estrangeiros como ela. O Natal estava próximo, e quase todos viajariam de volta aos seus países de origem durante o feriado que incluía Natal e Ano-Novo. Decidiram fazer um jantar de despedida numa cabana próxima à cidade, a duas horas de carro e mais uns quarenta minutos de caminhada nas montanhas cobertas por imensos pinheiros negros. Cercados pela floresta, marchavam em cansado silêncio. A cabana era rústica, de uma única peça, o telhado anguloso evitava o acúmulo de neve e por sobre as telhas via-se uma cobertura verde viva de capim. Aconchegava um grupo de dez pessoas, uma chaminé de pedra terminava num fogão a lenha de ferro no centro da sala para mantê-los aquecidos, do lado de fora estava ao menos quinze graus abaixo de zero. Perto do telhado uma plataforma de madeira criava um espaço triangular onde podiam dormir comodamente quatro pessoas, outras enfurnar-se-iam numa segunda plataforma logo abaixo e, por último, poderiam ser estendidos sacos de dormir pelo chão. Uma pesada mesa de madeira crua com longos bancos cravada em um canto enfeitava-se toda de tortas, bolos, guardanapos coloridos, copos, talheres e uma pilha de pratos. Cortar lenha, quebrar gelo e desvendar as redondezas em busca de troncos de madeira secos foram as primeiras tarefas do final da tarde. A noite nasceu prematuramente, a escuridão rompida pelas luminosidades da lua e da neve. O corpo levava algum tempo para se acostumar a essa nova rotina, os sentidos ludibriados, uma sonolência contida, mesmo os ponteiros do relógio se arrastavam sem muita convicção.

Haviam bebido, falavam alto, riam, movimentavam-se num ziguezague sem nexo. Clarice sentou-se no banco almofadado com motivos florais junto à Ana, os cotovelos languidamente apoiados sobre a mesa e a face sobre a mão esquerda, pela janela de vidros embaçados a vista congelada do lago. O toque firme de um braço envolveu seu ombro, surpresa olhou para o lado e deparou com o rosto inexpressivo de Ana, não fugiu do abraço, se aproximou ainda mais, permaneceram assim por algum tempo. Ela incomodada com a presença dos amigos, Ana à vontade, foram minutos eternos. Ana, uma espanhola que morava fazia quatro anos na cidade, pequena, cabelos negros e um sorriso tímido intrigante. Viera apenas para estudar e fora arrebatada pelos hábitos simples da cidade: ir ao trabalho de bicicleta, esquiar nos finais de semana invernais e caminhar pelas trilhas montanhosas.

A luz forte da lua refletida no gelo estava convidativa, deslizaram sobre o lago, o gelo tinha a espessura de uns quarenta centímetros, sobre a fina camada de neve fresca fizeram um desenho abstrato. Desequilibraram-se de mãos-luva-dadas, seus corpos aproximaram-se, Clarice e seu corpo esguio apoiou-se em Ana, esta sorriu contente vendo o patinar sem jeito de sua companheira. Do lago viram vultos através da janela de vidros quadriculados, o braço de um violão espiava, cantava. Seus diálogos foram monossilábicos, cúmplices, rodopiaram num beijo furtivo e voltaram a espiar pelo lado de fora da janela cheias de medo de serem descobertas. O desejo contido por espessos casacos, abraços largos, Ana tinha um beijo nervoso, inesperado, Clarice beijos longos e o sabor de vinho que exalava de sua boca.

De volta à cabana restava a vontade escrita nos olhares, o violão cantarolava entre risos que abafavam a melodia, copos de *pastis* balançavam em mãos cambaleantes, ouviam-se roncos. Clarice subiu as escadas de madeira e preparou sua cama, desenrolou o saco de dormir encardido, tirou as roupas pesadas quase batendo a cabeça no teto, o ar quente do fogão sobreaquecera o ambiente. Ana subiu alguns instantes depois, deitou-se ao seu lado, de bruços, o rosto apoiado nas mãos, atenta ainda aos últimos acontecimentos da noite, os olhos vivos embriagados. Fez-se silêncio, as mãos se tocaram no escuro, os dedos se cruzaram, a mão pequena de Ana com seus dedos gorduchos prendeu-se firme aos dedos de Clarice, se acariciaram sem ruído algum num encantamento proibido, a mão gélida por debaixo da blusa de lã de ovelha desceu pela coluna, apalpou o vão entre suas nádegas, voltou para debaixo das cobertas e descansou sobre a mão de Ana. Seus olhos castanhos transbordaram ternura, trocaram olhares, promessa, espanto, pestanejaram e sorriram um sorriso pequeno, lutaram contra a canseira. Um último aperto de mãos, a respiração diminuiu se convertendo num sono infantil de crianças travessas.

15
Visão do paraíso

Um sonho bom em plena luz do dia. Mais, muito mais do que isto. Tentarei em vão descrever com detalhes o impacto sofrido pelos meus sentidos durante não mais que cinco minutos, o furor causado pelo acaso. Uma manhã tediosa se anunciava, ônibus, metrô, centro da cidade calorento e apinhado de gente, bate pernas de salto alto e esbarrões entre arranha-céus levando e trazendo documentos, uma burocracia infindável e, por enquanto, o meu trabalho, estagiária numa firma de advocacia, ou sinceramente assumindo, *office girl*. Praticamente terminadas as obrigações da manhã, as quais incluíam tarefas desafiadoras como pagar contas em bancos e entregar documentos diversos – em mãos – em escritórios no centro da cidade, estava eu recostada à mureta junto à saída de um prédio burocrático cinza com uma porta de ferro, desatenta, com o telefone celular ao pé do ouvido me virando de um lado para o outro tentando conseguir linha para falar com a secretária do chefe que, com muita sorte, transmitiria o meu recado ainda hoje e, num piscar de olhos, não era mais a opulenta porta de saída do prédio que tinha ao meu alcance, uma luminosidade angelical tomou conta da porta e vi nada além de uma mulher flanando, com roupas soltas, esvoaçantes, alta, magra, escondendo um corpo ultrajantemente belo, de cabelos cacheados ruivos resplandecentes um pouco abaixo dos ombros, um rosto maduro convidativo, o charme e lábios à la Fanny Ardant. Por meros segundos tudo desapareceu à minha volta, o coração acelerou e o olhar fixo naquela criatura divina se dividiu entre o desejo e o proibido.

Ela desfilou na minha frente a caminho do elevador, leve e descontraído era o único modo que ela sabia andar. Impossibilitada de desviar os olhos de tamanho encanto, ela percebeu o meu olhar indiscreto e retribuiu, ficamos assim nos encarando enquanto ela caminhava para a fila, uma eternidade. Esperava talvez uma palavra de intimidade, que eu dissesse que a conhecia, que sou uma amiga antiga da escola ou colega de trabalho. Eu, com vontade de dizer mil coisas, de convidá-la a passar a tarde comigo, prometendo ser a mais gentil, a mais amável e a mais tarada de todas as mulheres, enrolar seus cachos nas minhas mãos e me esfregar no seu corpo cheiroso, me calei. O seu olhar me encheu de dúvidas embora não estancasse a minha covardia.

O porteiro do edifício, que até então tudo acompanhara calado, percebeu meu desespero e, do alto de sua sapiência, debochou do meu desejo contido cumprimentando-a na fila do elevador. Vangloriou-se de seu momento de intimidade com um olhar sério de canto de olho na minha direção constatando o meu embaraço. Tolo, ele que não percebeu que assim ao menos me deu a oportunidade única de vislumbrar seu sorriso. Disfarcei mal o torpor de meu corpo escorando-me na murada, segurei firme na bancada para não correr ao seu alcance e me jogar aos seus pés. Mesmo tendo já sido revelada, me surpreendi olhando insolentemente para a mais bela pessoa da fila. Desespero ao ver que ela nem sequer me fitava.

Aguardei longos minutos sem sair do prédio, as luzes acima da porta do elevador delineavam o fim da minha jornada num incessante piscar de números em ordem decrescente. Simulei um segundo telefonema, minhas pernas não obedeceram ao comando de ir embora paralisadas pelo encantamento. Fiz planos mirabolantes naqueles instantes que restavam, de retornar ali naquele mesmo lugar dia após dia no mesmo horário, de enviar flores para a mulher mais linda do prédio, de montar acampamento na porta do elevador ou quem sabe de me candidatar ao posto de porteira. A porta do elevador se abriu sem escrúpulos levando consigo, um após o outro, os delírios de uma tarde. Foram os cinco minutos mais doloridos da minha vida.

16
Camisa quase amarela

São onze horas, como todas as manhãs, acorda sozinha afogada no travesseiro macio com um enorme espaço vazio e frio ao seu lado. Pestaneja e vislumbra esparsos raios do sol da manhã por entre as persianas queimando sua íris. Conta regressivamente nos dedos e, a partir de hoje, os vinte dedos lhe bastam, espreguiça-se e procura ao lado da cama os sapatos enroscados no moleton, rasteja até o banheiro e encontra a certeza do que precisa para sair da cama: a pilha de livros ao lado do vaso em nova ordem. No espelho procura o frescor do dia que hesita em acordar, leva mecanicamente à boca a escova de dentes e tira do canto do olho uma remela endurecida. Desliza pelo corrimão das escadas de ferro em caracol e toma um susto, a cadeira junto à mesa vazia e o computador desligado, uma palpitação acelera seu passo, pela fresta da porta da varanda a tranqüilidade: num ângulo de vinte e cinco graus, Alice esparramada na cadeira de balanço, suas pernas pálidas mal cobertas pelo roupão branco e a amplidão do cerrado a perder-se de vista.

Mesmo tendo ouvido rumores na cozinha, Alice espreguiça-se sem se voltar para a porta, pousa o livro que está lendo no colo e olha para o sol a meio caminho do céu. Dobra os dedos dos pés com força sentindo o estremecer de cada falange, aperta os olhos e respira fundo, soltando o ar pesado acumulado no peito faz dois anos. O caminho da fazenda estava mesmo esburacado depois do verão chuvoso, sente um certo alívio lembrando que Bia gosta muito de dirigir e certamente pedirá o volante no caminho de volta. Tudo que precisa para esta semana está ao alcance das mãos, silêncio para a concentração, dormir cedo e relaxar nas poucas horas vagas. Tem consciência de que nos últimos meses negligenciou seu casamento, mas tudo que podia pensar em fazer ao se deitar à noite era dormir, os dias foram por demais atribulados e tem ainda prazos perseguindo-a como uma sombra maligna para a entrega do que será uma primeira versão da tese, vinte dias contados a partir de hoje, a cabeça fervilha de palavras como cobaias, Dormonid, artérias etc. Maldiz a hora em que aceitou o convite para fazer esse mestrado.

 Bia caminha na direção do armário com uma ressaca milenar, agacha-se e pega um pote de vidro fosco com uma etiqueta borrada de chuva na qual algum dia pôde-se ler "café". Pega também a cafeteira de aço inox ainda brilhoso, presente de uma amiga que viajou para a Itália alguns meses antes, pendurada num gancho perto do armário. O fogão velho da casa na fazenda da mãe de Alice funciona a duras penas, onde estarão os fósforos? A festa foi mesmo animada e, sorte a sua, viajaram logo na manhã seguinte, evitando assim aborrecimentos. O pão caseiro do seu José é bárbaro e se controla para não comê-lo todo sozinha enquanto prepara o café da manhã. Essa rotina a agrada muito, sair do corre-corre e lavar a alma no meio do verde. A noite anterior traz boas lembranças, Alice praticamente a expulsou de casa, queria como sempre trabalhar na tese com o prazo de entrega praticamente esgotado, cada dez ou doze horas de concentração diárias lhe rendiam não mais que umas quatro horas de trabalho real. Pois muito bem, que ficasse ela então rodeada de seus ratinhos brancos, os quais nas últimas semanas vinham recebendo mais atenção que qualquer outro ser vivo sobre a terra. Sexo é uma palavra extinta, a combinação de onze anos de relacionamento e tese resultou em longas abstinências intercaladas por rompantes sexuais rapidamente satisfeitos.

 Relendo uma vez mais a dissertação, sua mente divaga como se esquivasse de concentrar-se neste *déjà-vu*, lembra-se de ontem, era aniversário da Vera e, como todos os anos, ela deu uma festa com muitos amigos, conhecidos e anônimos de última hora. Na reta final não conseguiu abrir mão sequer de uma noite de trabalho e esforçou-se em não parecer ciumenta, pedindo a Bia que fosse à festa, justificando que desse modo o casal estaria muito bem representado e ela ficaria feliz em rever os amigos. Animadora de festas é o último adjetivo que alguém pode lhe dar, sua presença seria sentida apenas por um pequeno grupo de amigos próximos. Já Bia, ela sim sabe como ninguém ser agradável quando necessário, lembra ainda hoje da primeira vez em que a viu com seu sorriso aconchegante medindo palavras para se dirigir a ela.

– As festas na casa da Vera costumam ser de arromba! – disse Alice, despedindo-se com um beijo rápido na janela do carro e acrescentando: – Divirta-se!

A ladeira que dava acesso à casa estava iluminada apenas pela luz da festa que escorria pelas janelas abertas. Passava de meia-noite e a casa estava cheia, demorou poucos instantes até encontrar alguém conhecido e pegou logo uma cerveja de um isopor no chão da cozinha. Estava algumas doses abaixo do normal e precisava urgentemente se igualar aos convidados. Encheu Vera de beijos tirando da bolsa um livro sobre cães de estimação. Desvencilhou-se um pouco dos amigos circulando pela casa com seu colete preto e fazendo charme para as caras novas. Parou perto da bancada junto à cozinha, dali podia ver a pista de dança inteira e aguardar o chamado interior, por enquanto só o pé direito acompanhava o ritmo da música. Pulou na pista ao ouvir o vozeirão de Glória Gaynor ao som de *I will survive*, era incrível como sempre as mesmas músicas a deixavam animada. A poucos metros uma menina dançava à vontade na sua minissaia curtíssima, expondo as pernas grossas. Tinha um requebrado alucinado e estava visivelmente num daqueles dias em que se está disposta a tudo; não tinha mais que vinte anos a novata. Bia engoliu em seco uma interjeição de assombro e caminhou determinada na direção da garota, começou a dançar na sua frente, olhando nos olhos e colando pouco a pouco os corpos, até que pôde sentir na palma de sua mão a pele sedosa da cintura exposta entre a blusa curta e a minissaia. Da mão na cintura para um beijo foram segundos, e do beijo para uma fugida ao banheiro, microssegundos. Sentiu-se imensamente feliz por não ser um banheiro de boate, com aqueles avisos cruéis: "É permitido somente uma pessoa de cada vez". A garota a puxou pela cintura e bateu a porta com força. Quase sem tempo para respirar, Bia ficou confusa sobre onde colocar as mãos primeiro. Às pressas e embaladas pelo som da música que entrava pelo respiradouro, trocaram carícias furtivas. Batidas insistentes na porta despertaram as bacantes, despediram-se do banheiro felizes da vida. De volta à pista de dança, Bia pediu cinco minutos para tomar um ar e foi ao encontro dos amigos. Conversou um pouco e foi embora da festa sem despedir-se ou trocar telefones. Chegou a casa cansada, muito cansada, tirou a roupa e dormiu abraçada em Alice.

Mentir nunca foi o forte de Bia e Alice sabe que alguma coisa diferente aconteceu na festa, já teve esse pressentimento outras vezes desde que se conheceram. Bia e seus trejeitos corroboram a tão aclamada intuição feminina. Alice lembra-se até hoje de quando viajou para um congresso e sonhou que Bia a estava traindo. Logo pela manhã ligou para casa e qual não foi sua surpresa ao dar com uma tagarela ansiosa do outro lado da linha. Meses depois descobriu que ela havia trocado uns beijinhos com uma menina em um bar naquela mesma noite. Durante a viagem pela manhã Bia estava mais agitada que de costume contando as fofocas que ela gostava de ouvir. Ouvira com atenção e rira como sempre, disfarçando não perceber as meias verdades. Controlara com prudência uma pontada de ciúmes.

As andanças pela cozinha estão fazendo seu corpo finalmente despertar, Alice está diferente esta manhã, não fez a menor menção de vir dar-lhe bom dia, ou será apenas trabalho?! Desconfia da desconfiança de Alice, mas o bom senso diz-lhe ao pé do ouvido para ser prudente, ou talvez seja apenas a ressaca embaralhando seus pensamentos. Sem fazer alarde aproxima-se afetuosamente por detrás de Alice, cobre seus olhos com as mãos e, depois de um leve beijo na orelha, convida-a para a mesa posta num tardio café da manhã. A mesa está um desbunde, com direito a aroma de café, misto-quente, mamões, iogurte e bolachas de polvilho compradas na venda do seu Zé na chegada à fazenda. Alice senta-se à mesa, coloca os pés sobre as pernas de Bia e pensa, entre risos contidos, "gosto dela assim, passou a brincadeira e ela é pra mim".

17

Carnaval

Acordou de mau humor às sete da manhã, mas quem não acordaria mal humorado a uma hora dessas, quase de madrugada? O hábito de escrever de madrugada tinha desregulado seu relógio biológico uns cinco anos atrás. Milena insistia que não apenas o relógio havia sido alterado, alguns parafusos andavam trepidando na cabeça cheia de idéias desconexas, nada que uma boa noitada regada a banheira de hidromassagem com direito a massagem completa especial não resolvesse, mas isso ficaria para outro dia, agora era hora de pegar a estrada, se por caso se demorassem um pouco mais, perderiam o almoço pontualmente servido ao meio-dia. Salivava só de lembrar do frango caipira ao molho pardo religiosamente servido nas parcas visitas à casa da sogra.

Desculpada pelo sono, Izabel se acomodou no banco do passageiro do carro, deixando claro que suas funções primárias a inabilitavam de pegar no volante. Tirou os óculos escuros da pochete, a qual era terminantemente proibida de prender na cintura mas que levava pendurada no ombro aonde quer que fosse. Colocou um CD da Zélia Duncan para tocar e esticou as pernas no pára-brisas, aguardando a motorista que se digladiava com uma mala enorme de roupas que levava para um mero feriado de carnaval. Do retrovisor pôde ver apenas o final da batalha quando o porta-malas se fechou com estrondo, virou-se rápido em direção ao capô para ter certeza de que Milena era quem tinha ficado do lado de fora. Ia muito a contragosto desperdiçar seus dias de carnaval no interior.

Na estrada pipocavam buracos multiplicados a cada chuva, famílias inteiras de buracos, com direito a tia-avó e primos de terceiro grau, dessas famílias insanas que você tem de manter o olhar atento para desviar dos percalços. Izabel ia pelo caminho relembrando a última visita, todos tinham feito um esforço fenomenal para parecer que um casal de mulheres era a coisa mais natural do mundo e sempre, é claro, tomando o devido cuidado para que os filhos não tivessem consciência de tal fato, mas é claro uma vez mais que eles não tinham absolutamente nada contra a homossexualidade. Era sempre bom (para quem?) evitar contato físico na presença da família. De qualquer modo, tinha acontecido um certo progresso, até algum tempo antes as duas passariam por um desconforto calado. Estes pensamentos a mantiveram quieta e entretida por algum tempo até serem bruscamente interrompidos por uma palavra mágica, Izabel pouco falante sacolejou toda no banco do carona ao ver a placa de pamonha fresquinha à beira da estrada. Como o tempo de viagem estivesse apertado (mesmo sendo feriado), simulou uma vontade insuportável de fazer xixi para que parassem por alguns minutos. No banheiro nem chegou a baixar as calças dentro do cubículo sujo, saiu logo lavando as mãos e dizendo que aproveitaria para esperá-la do lado de fora, correu às pressas comprando duas pamonhas quentes com café e encostou-se na porta do carro aguardando com ar de satisfação. Missão estrategicamente cumprida.

 Dadas as boas-vindas, foram logo ao almoço fumegante discutindo os preparativos para o carnaval logo mais tarde. Sairiam? Com ou sem fantasia? Quem iria, quem não iria? Tomar cuidado para não beber demais, pois a inocência dessa cidade havia muito tinha se perdido.

 Era carnaval e o carnaval se fez, com muito alarde interiorano, festas em clubes fechados para os abonados e os corriqueiros vendedores de cerveja, paçoca, cachorro-quente, churrasquinho de gato e salsichões misturados à música baiana estridente vinda de caixas de som defeituosas, para o povo. Uma orgia para os sentidos daquelas pessoas que se acumulavam ao redor da praça, bebendo, comendo, ora sorrindo pelo novo *affair*, ora chorando por cruzar com o ex-namorado com um amor mais novo ainda.

 O bloco dos turistas se reuniria na rua do Ouvidor, com meia dúzia de gatos-pingados catados às pressas nessa cidade nada turística. Quem diria Izabel e Milena, apesar de esta última ter nascido e crescido neste lugar, estarem como representantes dos turistas? Mas isso era de se esperar de duas garotas vindas da capital. Ouviram a banda tocando marchinhas antigas e acompanharam o pequeno grupo de visitantes surrupiados de suas casas e trazidos para o desfile. Viram estampada no rosto das pessoas a obrigação de pular carnaval e ser feliz, que toma conta de todo mundo nesses dias. Trovoadas se misturaram ao som do bumbo, passada meia hora a alegria continuava, regada a cerveja e lança-perfume, uma chuva grossa de doer nas costas espantou os mais covardes e elas, aproveitando a deixa, correram na direção da marquise mais próxima com as camisetas encharcadas e embriagadas de desejo, deram-se por vencidas e voltaram para casa.

Milena empurrou a janela de madeira pelo lado de fora da casa e pegou a chave deixada no peitoril da janela. Silêncio e escuridão aterradores pela casa, provavelmente todos ainda desfilavam pela rua e, pelo barulho da forte chuva batendo no telhado de zinco, eles não voltariam tão cedo. Uma negridão o caminho para o banheiro, cruzou sem ver o assustador porta-retratos da irmã com rosto de travesti aos vinte anos de idade, as canelas roxas do embate com a mobília só seriam vistas pela manhã.

Izabel, apoiada com as mãos sobre o mármore da pia do banheiro e de frente para o vaso sanitário, resistiu por instantes à visão tentadora e rodopiante na sua cabeça, as calças de Milena arriadas à meia perna deixavam à mostra um triângulo de pentelhos minuciosamente cortados, um penteado moderno, enfeitado pelo quadril anguloso e terminando em peitos visíveis por debaixo da camiseta molhada de chuva. Sentiu o tesão espalhar-se por seu corpo aproveitando cada instante desse *frisson*, controlou sua vontade tresloucada de pular em cima dela e misturar seus corpos, o cabelo preto chanel embaralhado de chuva com pequenas mechas coladas no pescoço, na testa, a boca de lábios finos pedinte, sorriu um sorriso tarado e sem mais poder conter sua vontade afogou a boca de Milena com beijos, embaralhando seus cabelos e interrompendo sua ida ao vaso sanitário. Aproveitou o ensejo e tirou a blusa dela, expondo pequenos e deliciosos seios brancos. Passou a língua nas pequenas montanhas, deixando hirtos os mamilos e molhada a vulva lambuzada dançando entre seus dedos. Sentiu os músculos das coxas doloridos quando se agachou devagar, equilibrando seu corpo com as mãos a deslizar pelos quadris, deixando no percurso um caminho tortuoso de saliva, beijou a sua barriga e cheirou a pele, um cheiro bom de morangos com champanhe, mordiscou a virilha provocadoramente. Milena pegou seus cabelos com as duas mãos e não hesitou em esfregar a xoxota ardente por todo o seu rosto, contorcendo-se de desejo. A língua grande exposta lambeu sua vulva experimentando um gosto espesso salgado, depois encaixou a boca chupando seu clitóris, passando a língua endurecida freneticamente nesse pequeno pau endurecido acompanhando os gemidos rumo ao gozo. Controlou com a língua o grau de excitação de sua parceira, prolongando o pré-clímax, sentiu a respiração aumentando e diminuindo a seu bel prazer e o corpo todo se esvaindo em excitação, o seu corpo respondendo também a esse frenesi num estado de tesão crescente.

Acordaram coladas de suor, com uma sede milenar, numa minúscula cama antiga de madeira rústica com um colchão de penas que afundava aninhando os corpos, o cheiro bom daquele corpo conhecido, Izabel aproveitando para olhar com carinho para o rosto que traz tantas lembranças, acompanha com o passar dos anos o surgimento de pequenas marcas ao redor dos olhos.

O dia desperta a família em balbúrdia, que desde cedo se embriaga ao redor da mesa da cozinha, um ritual religioso, a cada ano bebem mais e falam menos, todos pouco se entendem e melhor convivem desse modo. Izabel aproveita para dar uma escapadela e convida Milena para caminhar pelas ruas desertas da cidade nesse começo de tarde, ela ao seu lado vez ou outra segura sua mão e sente-se confiante com o calor dos dedos magros entremeados aos seus, Milena sorri, a reciprocidade lhes basta.

Os cinco dias de carnaval foram se atropelando, confundindo dia, noite, tarde e madrugada, o café-da-manhã emendando com o almoço, a pia sempre cheia de invencível louça, zumbis rondando pelos aposentos depois do terceiro dia. Antecipavam o retorno para casa exaustas de festa. No carro, anestesiada de feriado, Izabel pensou naquela terça-feira de carnaval, menos cinzenta que outrora e também menos cheia de surpresas, preferia assim, a calmaria de um mar de pequenas marolas que tinha sido um dia turbulento, recostou a cabeça no banco e dormiu olhando a paisagem, sempre apressada, a correr ninguém sabia para onde.

18
Eu no espelho

A sede me acorda e caminho até a geladeira trocando pés e batendo na quina do corredor, uma semana mais de férias e deixarei de existir. Vim para me perder entre estranhos e me achar nalgum canto escondido. Com um copo de café quente e amargo entre as mãos vejo através da janela espessas nuvens de chuva, um dia frio, garoa constante. Visto polainas encardidas de andar na chuva e saio pela rua com destino certo, a livraria Clássico e Moderno.

Acordo tarde nessa quarta-feira chuvosa, o sol ainda não surgiu nem deve aparecer com essas nuvens negras carregadas a poucos metros de minha cabeça, é um dia de folga, me dei um dia de folga nessa cidade grande, para descansar os músculos, os que ficam entre as orelhas e não param de rodar, e querem cada vez mais voltar, voltar para algum lugar seguro, para a minha casa, talvez. Escolho um livro-lazer qualquer na prateleira e o embrulho numa sacola plástica de supermercado, pego o guarda-chuva preto para andar incólume pela cidade, como se precisasse dele para isso, entro no ônibus em direção ao centro da cidade para me confundir com as pessoas, com o movimento, para deixar de existir por uma tarde.

Entro na livraria com imensas janelas de vidro e aberturas delicadas de madeira, tão delicadas o quanto se pode esperar de uma janela, de uma abertura, vidros ornamentais pintados à mão, localizada no centro da cidade, contrastando com o barulho das ruas, dos ônibus e carros. Tem uma mesa solitária num canto, uma mesa redonda com tampo de mármore branco e um pesado pé de ferro que se abre como uma flor negra invertida, o talo colado no tampo e as pétalas tocando o chão. Sento na cadeira de madeira esperando a chuva e as horas passarem, olho com atenção os garçons e suas roupas *démodés*, o som da chuva do lado de fora da janela me lembra o mar distante.

Adentro com um livro na mão nessa tarde chuvosa, o livro de capa dura carcomida envolto numa sacola plástica de supermercado, nessa livraria que faz parte da minha nova vida, nessa terra distante, vejo no canto uma mesa com três das quatro cadeiras vagas e peço licença para sentar na cadeira, para entrar na sua vida.

Sentada à mesa do café eu olho seus lábios, se movendo e lendo para mim nessa língua estrangeira, ela estrangeira, eu estrangeira nesse país que não é nem meu nem dela, de hábitos distintos, reconheço nas palavras o som da minha casa, o barulho das ondas. Ela, mal disposta sobre a cadeira, reclina a cabeça na minha direção para que eu possa escutar melhor sua voz que me acalenta e arrepia, ondulante. O som do vento forte a chocar-se de encontro à janela acompanha a sua voz num uníssono sussurrado, numa segunda voz. Ela, tão atenta às palavras, vai mais tarde repetir a história com detalhes imaginados, preencher os espaços vazios das entrelinhas com risos e afagos no meu cabelo, a sua barriga colada na minha e o peso do seu corpo massageando meus órgãos e músculos, isso tudo no começo da noite, logo antes de dormir, para depois velar meu sono.

Eu leio para ela, que me olha e não escuta, percebo, mas continuo imutável, ausente do mundo, usufruindo a sua companhia, o cabelo caído sobre o rosto e o cachecol enrolado no pescoço, eu também não sei o que leio, não presto atenção nas palavras mas nos seus gestos sem intenção, fico assim com os olhos grudados nas páginas e a atenção toda voltada para ela e mal me contenho. Mais tarde (re)invento a história, crio os personagens e suas vestimentas, prazeres e angústias, preencho os detalhes que agora me escapam, apenas para me deitar sobre o seu corpo forte, duro, viril, e ver de perto a marca desbotada do biquíni de um verão distante.

Continuo a ouvir sua voz rouca, os sons nasalados de uma gripe constante, o livro é uma desculpa para a sua companhia, vejo as letras ao longe e vez ou outra olho pela janela disfarçando a minha alegria. À noite, ela se cansará de tanto ouvir que a quero, disfarço mal meus pensamentos sobrevoando minha cabeça, quase vejo um sorriso no canto de sua boca, talvez tenha visto. Olho pela janela passantes que me fitam também desinteressados, envoltos em grossos casacos de lã, carregados pelo vento. Farei mais tarde uma xícara de chá, colocarei três ervas diferentes, uma para curar sua gripe, uma para refrescar a sua boca e uma outra para tê-la perto de mim, bruxa que sou, usarei de todas as artimanhas, sempre, tudo isso por dias longos e menos cansativos, vibrantes da vontade que terei de vê-la.

Viro a página tranqüilamente, sentindo a textura do papel antigo nas minhas falanges, tons amarelados assentam em meus dedos e continuo lendo esse primeiro parágrafo negro no papel desbotado. Tem uma mulher nessa história, definitivamente tem uma mulher nessa história, que busca algo, de concreto talvez, ou lúdico, quem sabe. Seus olhos brilhantes me fitam disfarçadamente, e desesperadamente, não os da moça da história, mas os dela, sentada ao meu lado com grossas polainas de lã cobrindo a metade do sapato, não posso enamorar-me de seus pés, as belas patas da gazela. Viro o rosto num espirro molhado e salvo as páginas da chuva de saliva, interrompo meus pensamentos, sinto a falta de uma xícara de chá para aliviar a corisa. Deitada sob o cobertor eu vejo a bandeja com a xícara de chá, o chá e a cortina da janela verdes, e ela que me sorri acalentadora com as mãos sobrecarregadas de bandeja com gosto forte de boldo.

Reinicio o minucioso vasculhar das unhas, miro uma a uma, precisam ser cortadas, retiro terra de debaixo da unha do dedo indicador esquerdo com a unha do dedo indicador direito, coro quando percebo baixar o som da voz ao meu lado, ela percebeu meu descuido. Movo com agilidade mãos envergonhadas e peço um café expresso ao garçom, ah sim, e uma garrafa de água também para molhar minha garganta seca do frio, a vermelhidão dos lábios ressecados à espera da saliva dela para passear na minha boca, se misturar à minha língua e descer pela minha garganta, estancar a secura do meu corpo, encharcar as minhas veias de sangue quente, corrente, impregnar de líquidos meu intestino ressecado e explodir cada poro do meu corpo num suor salgado, cansado.

Minhas língua e garganta secas de mais uma página que leio, incomodada pela secura da minha pele. Sinto de longe o odor de perfume exalando do seu pescoço, ele penetra minhas narinas ressecadas pelo vento cortante nesse país gélido, gélido do protocolo diário a ser cumprido, do cumprimento distante. Vejo nela uma saída, talvez a única nesse dia frio, e sinto o seu beijo adentrando meu corpo, seus lábios que tocam a minha boca, meus ombros, meu colo e seios, meu corpo borbulha incandescente, o sangue corre veloz dilatando as minhas veias, o pulso acelerado, o coração vermelho em fogo, um músculo único e não um conjunto de fibras independentes a bater incessante. Minhas vísceras tomam as rédeas de meu corpo e estremeço, assim como tremula um bíceps exaurido pelo exercício físico, meu corpo todo um músculo de ação involuntária, contraindo e dilatando à mercê de suas vontades.

Um barulho estridente do sino pendurado à porta de entrada me desperta do sonho, num último segundo escorre de dentro de mim um líquido viscoso molhando a calcinha, rio interiormente, satisfeita, olho para o lado encarando a minha parceira, mas ela parece concentrada em sua leitura, deveras concentrada, e já não posso lançar-lhe um sorriso de agradecimento, de comprometimento, queria lamber-lhe as orelhas e embaralhar-lhe o cabelo, saltitar sobre o seu corpo como um filhote de *setter*, babando em seu braço e me esfregando em suas pernas com meus pêlos compridos, para que as suas mãos cruzassem meu corpo em carícias e escovassem meu pêlo, que a sua fala não dita preenchesse o vazio desse dia com um sorriso terno, tento disfarçar meus pensamentos olhando as minhas grossas polainas encardidas, as polainas em primeiro plano e seu rosto emoldurando o campo de visão ao meu redor.

Ela se agita ao meu lado, nem um músculo da face se move, nem os braços inertes, nem os olhos que miram o chão, nem as pernas cruzadas balançam, mas sua mente se perde em pensamentos que também perco, o imaginário oculto de mim sentada a alguns palmos de sua face, sentindo seu cheiro. O fardo de não a entender e querê-la assim sobre o meu corpo nu, saltitante de alegria, como um animal carente que se refestela nos meus braços e pernas, babando em meus pêlos, seus pêlos, implorando e retribuindo atenção com gracejos infantis, os olhos sempre vívidos e a energia de um filhote de dálmata, quatro meses, com as suas pintas colorindo a minha visão, emoldurando esse pequeno campo de visão enquadrado pelos olhos, no limite do foco, esse espaço embaçado onde quase tudo acontece, fora do alcance das mãos e da mente. Essa tarde longa preenchida pela sua presença, essa tarde vazia como os dias inúteis em que não a tenho ao meu lado.

Pressinto os longos dias, começando tarde, com cafés-da-manhã demorados e calóricos, café preto sem leite e pão francês com manteiga do interior, queijo, presunto e ovos mexidos, uma pitada de sal e outra de pimenta-do-reino, logo pela manhã, que insisto "só você sabe fazer", e cadê o suco que você já bebeu cedo, logo ao pular da cama, diz que precisa de líquidos pela manhã e água, água não tem gosto de nada, rio do seu gracejo, o seu pé brinca com a minha barriga por baixo da mesa, as notícias do jornal nem parecem tão ruins, a favela vista da janela está mais colorida.

Pulo logo cedo da cama, sedenta e procuro algo na geladeira, não quero a insípida água mineral, prefiro a do seu corpo suado, salgada, nutritiva. Volto com os pés gelados para a cama quente, aqueço-os entre as suas coxas dormidas, seus sonhos, diluo seus pesadelos. Você vira o rosto para o meu lado no travesseiro, me abraça apertado e respira nas minhas narinas, pega todo o meu ar, me sufoca, respiro desse ar viciado só seu, durmo embriagada. Desperto faminta e penso logo em ovos mexidos, com sal e pimenta, que só eu sei fazer como você diz, escorada no parapeito, de calcinhas, e corre para colocar uma música na vitrola.

Sutil, um estremecimento, o sorriso naquela manhã fica borrado, desfocado, ou talvez eu tenha os olhos embaçados, me perco numa tarde chuvosa e nada digo. Dissimulo no café-da-manhã um gosto diferente, talvez a manteiga há muito na geladeira, concentro-me no seu rosto amigo, conhecido, e não vejo o surgimento de uma nova ruga no canto do olho, quase imperceptível mesmo, também dissimulada. Procuro por baixo da mesa os seus pés e toco o ar.

Uma pancada de vento que passa, e deveria ser rápida, mas se acomoda em mim, o pulo do gato, um estalo, transmudando o sorriso, o riso faz-se amarelo. Corro e fecho a janela tarde demais. Nem dissimulo os pés enroscados em mim mesma por baixo da mesa do café-da-manhã, calo num silêncio compreensível, numa saída diplomática.

Suo frio com a dor da sua perda, que virá implacável, entre gritos, sussurros, o começo ficou muito para trás, o meio se fechou em si mesmo como um círculo, e o fim eu vivo agora, fechada em mim mesma, deitada nesse sofá manchado com seu suor, e me apequeno implorando por sentimentos que já não existem. Fecho os olhos à procura do sono que só encontro em comprimidos, carrego comigo essa nuvem de tristeza e vivo esses dias com a incerta verdade de que tudo ficará aqui nesta casa, trancafiado neste mundo inóspito, quando a porta se fechar e eu entrar naquele avião, de volta ao barulho das ondas.

Soluço com a perda certa de que não quero o seu retorno, de que já vivi o começo, um apaixonado começo, o meio permeado de alegrias e nos resta o fim, antes da catástrofe maior, das palavras mal ditas, dos gritos e sussurros. Deito nessa cama e procuro pensar no lar que me aguarda, que apazigua os meus sentidos com emoções e imagens conhecidas, as plantas num canto da sala, verdes e vivas, energia da qual me alimento, de volta ao ventre lar, protetor. Dentro de poucos meses retorno, e estes sentimentos ficarão aqui resguardados pelo frio e esmorecerão com o passar do tempo, junto com o amarelar do sofá manchado com o seu suor.

De quase um salto me levanto a caminho da porta, não olho nem por um segundo para trás, fugindo, correndo dessa tempestade por vir, que aplaco com uma barragem sólida de vontade, apresso esse meu caminhar lento, fugindo de tudo o que me aguarda, mudando meu destino, refazendo meu mapa astral, alterando a órbita dos planetas, das estrelas, do Sol e da Lua, acelerando Marte e reprimindo Júpiter, a mão toca a maçaneta gelada e cruzo em frente à janela de vidro embaçado, com os pensamentos embaçados, quase a correr atravesso o sinal fechado, disposta a esquecer até mesmo o endereço da livraria.

Não posso levantar os olhos nem por um instante para seguir os seus passos, uma última visão do seu caminhar lento me faria correr ao seu encalço, pegar na sua mão fria, suada, e viver tudo o que sei que viverei. E talvez, no fim, talvez o sofrimento. Leio este último parágrafo apenas para mim, fecho o livro de capa dura, cheguei e parto só desta terra que não é minha, aturdida daquilo que não vivi, caminho sem pressa em direção à porta fitando melancólica a pintura de uma praia deserta.

SOBRE A AUTORA

Naomi nasceu no sul do país e veio para o Rio de Janeiro continuar os estudos em Ciências Exatas. Sempre manteve, como leitora, um contato voraz com a literatura, sobretudo de autoria feminina. Enquanto estudava e trabalhava – entre uma equação e outra –, escrevia. E foi assim que se viu escritora, tendo publicado um conto na coletânea *Elas contam*, lançada pela editora Corações e Mentes em 2006.

Também divaga em contos curtos no seu blog: www.contosinterditos.blogspot.com

IMPRESSO NA
sumago gráfica editorial ltda
rua itauna, 789   vila maria
02111-031   são paulo   sp
telefax 11 **6955 5636**
sumago@terra.com.br

GRÁFICA sumago